小学館文庫

JN104249

煩悩ディスタンス

辛酸なめ子

小学館

煩悩ディスタンス
目次

2022年

2023年

煩悩ディスタンス

まえがき

人間関係がリセットされ、ソーシャルディスタンスについて考えさせられたコロナ禍の時期。ただでさえ人に誘われることが少ないのに、ますます飲食や会合の機会が減ってしまいました。

そんな時にふと心に浮かんだのは、人間は地球との関係を見直す必要があるのでは？　ということです。コロナ前までは、経済や都市を発展させ、資本主義社会で仕事を回し、多く稼ぐことが奨励されていました。でも、新型コロナウイルスが蔓延《まんえん》し、多くの人が仕事が減ったり、これまでのように国内外を行き来できない世の中に……。

私もいくつか取材旅行の予定がなくなり、暇ができたので、これまであまり訪れることのなかった近所の公園でぼーっとしたりしていました。ウイルスに畏れおののく人間をよそに、樹々《きぎ》は変わらず風に葉をそよがせていて、鳩《はと》たちも公園内を自由に散歩して、平和な光景が広がっていました。

人間同士で物理的にもソーシャルディスタンスができてしまった今、もしかしたら人間以外とのディスタンスについて考える時が来たのかもしれない……。それが本著のきっかけとなりました。

まず、芽生えたのは自然や動物たちに対して謝りたい、という思いです。人間が地球の環境を悪化させ、資源を使いまくったことで、もしかしたら地球の我慢が限界に近づいて、ウイルスが発動してしまったのかもしれない……。こんな状態になってしまい、申し訳ありません、という一念で動物園を訪れました。ちゃんと心の声が届いたかはわからないですが、超然としている動物たちへのリスペクトがこみ上げました。

コロナ禍が落ち着いた今、動物や植物など生態系はどうなったのでしょう。飛行機の便数が減ったりして二酸化炭素排出量も抑えられたとか、ロックダウンで世界各地で大気汚染物質が減少した、といった良い変化も一時的にあったようです。でも、今は何事もなかったかのように国外への移動や経済活動が復活しつつあります。

ここ最近、異常気象が立て続けに発生しているのは、地球が警告を発し続けている、ということなのかもしれません。この本で体験してきたように、意識的に「煩悩ディスタンス」を取ることで、大量消費、大量生産の生活から距離を置き、客観的に見られるようになるかもしれません。これからも「煩悩ディスタンス」の視点を忘れずにいたいです。この本が何かのヒントになりましたら幸いです。

2020年

動物園で心の謝罪

動物園に行くとなぜか人類の傲慢さが
目に付きます
ホワイトタイガーの模様を見た女子が……
パリパリバーのチョコみたい
人間としてすみません（私も一瞬
同じこと思ってしまいました）

地球で環境を破壊しやりたい放題やってきた人間の業《ごう》が招いてしまったかのような今回のパンデミック。外出自粛中、県をまたいで移動できるようになったらすぐに動物園に馳《は》せ参じ、動物たちに謝りたいと思っていました。人間のせいで、地球が大変な状況になってしまったことを……。もしかしたら、動物たちには全く関係ない問題で、むしろ人類がいなくなってすっきりすると思っているのかもしれませんが……。

ついに、東武線に乗って東武動物公園にひとりで行ってまいりました。ちょうど吉方位だったこともあり、「特急りょうもう」に揺られて一路埼玉方面へ。列車の座席を間違えたり、車内で仕事をしていたらミスしたり、車内がガラガラなのに知らない人と隣同士の席になって密が発生したり、プチトラブルがありましたが、動物たちと真摯《しんし》に向き合い、禊《みそぎ》をすませることで自分の軸をしっかりさせたいです。

「埼玉県のハイブリッド・レジャーランド」と称するだけあって東武動物公園の敷地は広大で、プールや遊園地なども併設されています。ひとりで来てプールというのも寂しく、体力的にも厳しいので、今回は動物園一択で……。そうなると入園料1800円が高く思えてきます。ただ、そもそも目的は動物たちに謝ることなので、入園料について逡巡《しゅんじゅん》している場合ではありません。調べたら東武動物公園は新型コロナウイルスの感染拡大による臨時休園で収入が落ち込み、エサ代がピンチだそうなので、少しでも足しになるのならぜひ払わせていただきたいという気持ちに。ちなみに十数年前にこの動物園を訪れた時は、エミューの交尾を偶然目撃して興奮したことを思い出します。当時からすでに愚かな人類だった自分を反省。

敷地内に入り、動物園まで連れていってくれる園内バスに乗ろうとしたら、ギリギリ間に合わず、目の前で乗り逃してしまいました。「あと820メートル」という表示に一瞬気が遠くなりましたが、禊も兼ねて、暑い中、一歩一歩進んでいきました。まず目に入ってきたのは、うすいピンク色のフラミンゴたちです。水場に佇《たたず》んでいる姿は涼しげで、細くて長い脚が素敵ですが……通りすがりのカップルが、「膝の関節のあたりがキモいね」と心ないことを言っていたのが耳に入り、さっそくフラミンゴに心の中で謝りました。動物には人間の言葉がわからないと思ってネガティブなことも言いたい放題ですが、言語ではない感覚や波動で動物たちは感じとっているのではないかと思います。聞こえないふりをしているCOOLなフラミンゴたち。

実は以前、雑誌「ムー」などの取材で何度か「アニマルコミュニケーション」を習ったことがあり、今回、動物たちから返ってきたフィーリングの言語化を試みてみたいと思います（初心者なのでまちがっていたらすみません）。ちなみにアニマルコミュニケーションは、慣れていない人は「Yes／No」で答えられる質問を動物にすると良いそうです。それに対して動物が示す、耳を動かしたり目を閉じたりといった反応を見て、答えを推測することからはじめると良いと、ヒーラーの先生に伺いました。

さらに、レベルアップすると動物のオーラの色から精神状態を察する方法もあるとのことです（赤は活動的、緑は調和、ピンクは愛情、黄色は陽気、青は冷静さと孤独など）。

　今回、久しぶりに動物園に来ることができたので、心の中で動物たちに、コロナ禍を引き起こした人間の傲慢さや所業についてお詫《わ》びして、それに対する答えを受信したいと思います。まずは、カップルがすでに失礼なことを言って、人間として申し訳ないので、「キレイですね」とフラミンゴたちをほめました。そして「地球がこんなことになってごめんなさい」と謝ると……「私たちは人間のことをとくに悪く思っていないですよ」と、フラミンゴが言ってくれたような。毛繕いしたり水を飲んだりしている姿はとくに気にしていなそうです。COOLな見た目ですが、内面も淡々としていました。

　続いてすぐ近くのエジプトガンというカモの仲間のコーナーへ。ガーガー鳴いている彼らに、人間の所業についてお詫びすると、「そんなことより忙しいんだ」というメッセージがきた感じがしました。説明板を見ると、「同種間でも攻撃性が強いが、自分よりも小さな種に対する〝いじめ〟行動も顕著である」と書かれていて、仲間内の関係で忙しくて、人間のコロナどころではないようでした。

　次に、神々しいハゴロモヅルの姿が目に入りました。「今、パンデミックや気候変動で人類が滅亡しそうですが……」と心の中で語りかけると、「私は滅亡するとは感じません」と、落ち着いたツルの一声が返ってきたような。なぜかツルの言うことは説得力があります。

いっぽうで、厳しさを漂わせていたのがヒクイドリです。「人類の自業自得なんじゃない」と言い放った気がしました。青い頭部と喉の赤い肉垂《にくすい》、黒い体というコントラストの激しさから、一筋縄ではいかない鳥類であることが窺《うかが》えます。ギネスブックに「世界一危険な鳥」として登録されたこともあるくらいで、気性が激しく、キック力もすごいそうです。でもこの日は静かに佇んでいて、叡智《えいち》をたたえた目でこちらを見ていました。心の内を見透かされそうです。怯《おび》え気味でいたら、ヒクイドリのナミヘイは、「人間も自然の中で暮らしたら」と、少し優しいアドバイスをくれた感じがしました。

人間に近い霊長類だからか、マントヒヒやマンドリルは厳しかったです。マントヒヒは歯ぎしりしながらうろつき、マンドリルは時おり牙を剝《む》いていました。人類への警告のように見受けられました。

他にアニマルコミュニケーションを試みて、受け止めた気がするメッセージです。ホンシュウジカ「ここの人たちは親切ですよ」さすが草食動物だからかピースフルです。

ブラックバック（ウシ科の動物）「もっと人間同士リスペクトした方がいいよ」アビシニアコロブス（オナガザル科のサル）「人間も仲間なので減るのは寂しいよ」ライオン「ライオンの天下も悪くないな」……たしかにネコ科の動物が地球を仕切った方が環境にも良さそうです。

ところでこの動物園の特徴は、珍しいホワイトタイガーが5頭もいることです。埼玉出身としても光栄です。神の使いのような神々しい存在感で、言うことも波動が高いような……。人類の今の窮状について相談すると「自分を助けられるのは自分しかいないですよ」と言ってくれた感じがしました。しかし一見寝そべっているだけのようなホワイトタイガーを見て、先ほどとは別のカップルが「サービス精神薄いんじゃないの」とか言っていて、申し訳ない気持ちに……。さらに別の女子2人組が、ホワイトタイガーの模様がアイスのパリパリバーみたいだとかまた失礼なことを言っていて恐縮。

動物園でホワイトタイガーと並ぶ人気だったのがアフリカゾウです。エサやりタイム中、鼻で器用に果物を受け取るアフリカゾウの姿に「かわいいね、賢いね」という女子の声が聞こえました。アフリカゾウの説明を見たら、「80年来園」と書かれていて、少なくとも40歳以上のようです。そんな年長者に「かわいい」とか「賢い」とか上から目線で言う人間……。別の女子たちが「ああいう顔の人いるよね」とアフリカゾウを見て品評しています。アフリカゾウたちは人間の戯《ざ》れ言など意に介さず、「私たちは静かに暮らせればそれで良いですよ」と言っているような気がしました。人類へのメッセージを伺うと「忙しすぎるからもっとゆっくり生きた方がいいんじゃない」とのことで、おっしゃる通りです。アフリカゾウの深遠で優しい瞳が忘れられません。

コロナ後の動物園で、動物たちから様々なメッセージを受け取ることができた気がします。動物たちのゆるぎない存在感や慈愛のエネルギーに尊敬の念を禁じ得ません。そんな動物たちを見て勝手なことばかり言っている人間がお恥ずかしいです。動物園は、動物たちが逆に愚かな人間たちを観察している人間園なのかもしれないと思えました。頭を下げて、その場を後にしました。またご指導ご鞭撻《べんたつ》いただきたい時に訪れようと思います。

2020年11月号

観覧車ディスタンス

観覧車は上がったり下がったりを繰り返して
回っています
すきま風
仕事していると良い時も悪い時もあるけれど、
また運気が巡ってくるから大丈夫、と思えます

「ワーケーション」……仕事依存気味の身にとって、ワークとバケーションを合体させたこの単語にはときめきを覚えます。このところ、社会のリモートワーク化が進み、旅先で仕事をすることを奨励されているような風潮があります。

思い返せば「ワーケーション」が広まる前から、旅先で仕事をするシチュエーションが多かったです。旅といっても多くは出張なのでそもそもバケーションではなく、仕事に仕事が重なっただけかもしれませんが……。それでも、移動中に仕事する、というのは私にとって妙な充実感（そして時には優越感）をもたらしてくれました。新幹線で、隣の席の知らない人がビールを飲んで享楽的に過ごしている横でストイックに働いているときなど……。また、高速の乗り物に乗っているとき、思考もスピードアップすると聞いたことがあり、飛行機の中でもスキあらば仕事しています。飛行機内で集中していると乱気流の恐怖が薄れるのがありがたいです。乗り物での仕事でハードだったのは、インドに行ったとき。交通渋滞で7〜8時間ほどバスに乗り続けることが何度かあったのですが、途中旅の疲れと何らかの疫病に感染したのか熱や吐き気、倦怠《けんたい》感と闘いながら車内で原稿を書いたことが思い出されます。そのときは辛《つら》くても、やりきった感が得られるのが旅先での移動中の仕事です。

ただ、このところコロナ禍で海外などに行けなくなってしまってワーケーション欲が満たされず、フラストレーションがたまっていました。そんな折、webの記事で見かけた「アミューズメントワーケーション」の文字。働き方が変化する今、「よみうりランド」が打ち出した、遊園地という非日常空間で仕事をする企画です。園内のプールサイドにある特設スペースを利用できたり、「観覧車1時間乗車券」が使えるというもので、プールサイドや大観覧車のゴンドラ内からリモートワーク可能です。電源やポケットWi-Fiも貸してもらえるようで、土日は1人2000円。高いのか安いのかわかりませんが、観覧車で仕事なんてめったにない機会で、ソーシャルディスタンスも守られるのでぜひ行ってみたいと思いました。

前もってネットで予約し電話で確認したのは土曜日。休日に遊ぶ人を横目にストイックに仕事することで、リモートワーク感に浸れそうです。しかし自分の心がけが悪かったのか、その日は朝から雨でした……。気温は都内で12度前後。一応ニットを着て出かけたのですが、都心から離れた京王《けいおう》よみうりランド駅の体感温度はさらにマイナス3度。本当にバケーション気分が味わえるのかあやしくなってきましたが、園に向かうためゴンドラ乗り場へ。この乗り場が階段を結構上がらないといけなくて、早くも試練が訪れました。ちなみにお客さんは全然いません。眼下に鳩の群れや寺院を望みながら、よみうりランドの中心へ。雨ですが、霧は出ていないので景色が見えてまだ良かったです。

到着後、最初に受付に行って、アミューズメントワーケーションについて説明を受けました。観覧車は連続して1時間ほど乗れますが、一回下車したら再乗車できないこと。観覧車内は飲食禁止。プールサイドのデッキチェアは今日は雨で濡《ぬ》れるので併設のレストランを利用できること。デッキチェアスペースで園内にあるスタバのドリンクを飲むのは禁止で、自販機やコンビニのドリンクならOK（スタバとの関係性が気になります）。よみうりランドガイドマップが、近隣の温浴施設「丘の湯」のタオル無料券になること。さらに隣接するゴルフ場の当日限りの貸しボール＆レンタルクラブ引換券ももらえました。ワーケーションに来るビジネスマンはゴルフ好き、という想定でしょうか。ゴルフの素養がなくて残念です。利用料2000円を支払いましたが、通常のおとな入園料は1800円だったので、コスパが高いプランかもしれません。

説明を受けた後「ちなみにこのアミューズメントワーケーションを予約される方は結構いるんですか？」と聞いたら、始まってまだ数日ですが、昨日まで11席のワーケーションスペースは満席だったとのこと。ただ今日は雨なので空《す》いているそうです。しかしポジティブに考えれば、人がいなくて静かなのでより仕事に集中できそうです。しかし雨がしっかり降っていて歩いているだけで体感温度が……。近くのレストランに入ってやっと人心地つきました。外よりは暖かい気がしましたが、換気のためところどころ窓が開いていて冷風が吹き込みます。頼んだパスタはまあまあおいしかったのですが3分で冷麺に。しかも、隣の隣の席で何らかの映画かドラマの撮影が始まりました。ネルシャツを着た男子がラーメンを前に、女子と背中合わせに座っています。これはもしかして、ソーシャルディスタンスドラマ!? 背中合わせデートなら一切飛沫《ひまつ》も浴びません。2人はラーメンを食べながら「おいしいね」「うん、おいしい」「楽しいね」「楽しい」と背中合わせに意味のない会話を繰り広げていて、だんだんいたたまれなくなってきたのでその場を離れました。レストラン内は、他に2人の女子がヘアアレンジをしていたりカオス状態でした。

　そうしているうちに観覧車の予約時間が近付いてきました。寒さに震えながら大観覧車の方面へ。何より雨の中お客さんがほとんどいないのに働いているスタッフの人に頭が下がります。観覧車でワーケーションのチケットを見せると、4周だと思っていたら5周乗れるとのこと。充電器とWi-Fi機器を貸してくださいました。降りたくなったら「降ります」と書かれた紙をかかげれば良いそうです。Wi-Fiのパスワード設定、仕事道具や電源のセッティング、などやることが結構多く、観覧車の1周目は準備で終わってしまいました。景色もチラ見くらいしか余裕がなく……。机がないのでiPadは膝に載せるしかありません。電源とWi-Fiはありがたいですが、欲を言えば観覧車内に暖房が欲しかったです……。ドアの穴や隙間から風や時々雨が吹き込みます。それでもゴンドラは完全な個室なので、こんなにソーシャルディスタンスが保たれる仕事環境はなかなかないかもしれません。

2周目は、少し景色を見る余裕が出てきて、ゴルフ場や住宅街を眺めたり、丘の湯を見下ろして早く温浴施設で温まりたいと思いを募らせました。他の遊具を見ると、ジェットコースターも止まっていて全然稼働していません。人気《ひとけ》のない遊園地なんてなかなか見る機会がなくて貴重です。膝の上で原稿を書きつつ、雨音に耳を傾けました。無線から時おり、プププ……というノイズが聞こえてきて気になります。1周は約11分で、意外とあっという間です。

3周目、だんだんトイレに行きたくなってきましたが、途中下車したら乗車時間の残りが無効になってしまうので、耐えて仕事に励みました。雨が吹き込んでくることで冷えてさらにトイレに行きたくなるという生理現象スパイラルが。ワーケーションとはいったい何なのか、自分に問いかけながらiPadに向かいます。飛行機内で思考が加速するのに比べて、観覧車は一定の場所で回っているので、思考もぐるぐる回っているような感があります。雨音に加え、「ゴゴゴ……」と風の音もしています。

4周目、雨も激しくなってきました。寒い中、スタッフの方ありがとうございます。観覧車も動いてくれてありがとう、とだんだん感謝が芽生えてきました。そしてすきま風との闘いが。10月でこれだけ寒いので冬場の観覧車ワーケーションは指がかじかんでしまいそうです。そんな過酷な場所でも仕事したいという精鋭が集まるのでしょう。外からは園内BGMの知らない男性アイドルの曲が聞こえてきます。「レディーゴー♪」といった元気な歌声に励まされます。寒さにもちょっと慣れてきました。あと1周です。

5周目は、スムーズに降りるため片付けに専念した方が良さそうです。園の隣の丘に重機が多数入って開発されているのが気になりました。調べたら「ありがた山」という名前で、無縁仏の石仏を何千体も祀《まつ》っている山だそうで……開発してしまって大丈夫なのでしょうか。さらに、山付近では平成14年にツチノコが発見されたそうです！　観覧車に5周も乗ると、周辺の土地にもちょっと詳しくなれます。「降ります」の紙をスタッフに見せて5周で下界へ……。料金表を見たら一周800円なのでなんと4000円分乗れました。あっという間でたいした仕事はできなかったのですが、4000円儲《もう》かったということで……。

観覧車を降り、園内のアミューズメントワーケーション特設スペースに行ってみました。デッキチェアのところに人がいる！　と思ったらポスターのイメージ写真でした。プールサイドには人の気配がなく、デッキチェアも雨に濡れていました。ここで仕事は無理そうなので、隣のレストランで仕事。他に男性客が1人ノートパソコンを開いて働いていました。プールサイドの椰子《やし》の木を眺めることで、バケーションに来た感を盛り上げました。しかしレストラン内でアニメの曲が延々と流れていて若干気が散ります。

仕事しながら外を眺めると、あまりにも人がいないのでもはや人類が滅亡した後なのでは……？　滅亡したなら仕事をする必要もないのでは？　という心境になってきました。自分の仕事どころではなく、雨の日の遊園地の収益も気になってきます。この半日で、園内で見かけた客は約20名。１年間遊園地を運営するのに必要な金額は、約21億円という記事を見つけました。21億÷３６５日は、約５７５万円。それを20名の客で割ると約28万円。なんと、１人あたり経費で28万円かかっている計算に。さらに29万円儲かった、ということにしても良いでしょうか？　この日そんなに仕事は進まなかったですが、28万円と観覧車５周分得しました。

気分的に儲かるアミューズメントワーケーション。悪天候の日に行って仕事に集中すれば、どんな過酷な状況でも乗り越えられる自信がついて、心身が鍛えられます。ちなみに次の日は晴れたようです。

２０２０年12月号

2021年

意識高い系フィットネス

普段運動不足で邪気が
たまりまくっていたからか
インストラクターの萌子さん
を見ようとしても目がかすんで
見えない症状が……
焦点が……
でも、エクササイズをしたら視界が
クリアになり活力がわいてきました
何よりMIYASHITA PARKという
最先端のおしゃれスポットが縄張りになった
みたいでテンションが高まります

2020年は世の中的に家で過ごす時間が多くなり、様々なドラマや配信ショーが話題になりました。中でも注目されていたのが、Amazon Prime Videoで配信された「バチェロレッテ・ジャパン」という恋愛リアリティショー。育ちがよくスタイルも完璧な30代の美女、福田萌子《もえこ》さんのもとに、多種多様な独身男性17人が集まり、彼女がその中から運命の相手を選ぶ、という番組です。旅をしながらスポーツを楽しむ「スポーツトラベラー」としても活躍している萌子さんのご実家は室町時代から続く大地主。そんな彼女からは自然と自己肯定感や自信があふれていました。番組をちょっと拝見していて、恋愛がテーマの番組としては女を出さず、媚《こび》を売らない自然体の萌子さんの魅力が伝わってきました。3話くらいから、ヒロインというよりもコーチやインストラクターのような彼女のキャラが前面に出てきました。17人ものメンズから悶々《もんもん》とした思念や恋心をぶつけられ、普通にモテキャラとして対応していたらエネルギー的に消耗してしまいます。インストラクターとしてメンズに活を入れるキャラなら適度な距離が保てます。また、スポーツやアトラクションで適度にメンズの性欲を発散させることで、自分の身をガードすることもできます。さすがの処世術だと感じ入りました。

3話では、イケメンの「弟」で、モデル兼フィットネストレーナーのケビンという男性が登場。「弟」だと紹介されて男性陣はホッとした様子でしたが、実の弟ではなく子どもの頃から家族付き合いしている「弟のような年下男子」で「一番近い存在」だそうです。しかもケビンは彼女を見つめながら「なんで出ることにしたの？」と、言外に「なんで俺じゃだめなの？」という思いを漂わせながら、問いかけていました。全話を通して観《み》て、17人も男性を集めておいて、結局ケビンで良かったのでは？ というのが最初に浮かんだ思いです。価値観が合い、お互いスポーツ大好きで、気心が知れた美男美女の2人。『オズの魔法使い』の「大切なものはすぐ近くにあった」というメッセージが頭をよぎります。

でも、それでは番組が成り立たないので、ケビンは自らの思いを晴らそうとするかのように、鬼コーチとして男性候補者を厳しくしごいていました。腕立て伏せや、腿《もも》上《あ》げ、ランニングなどを必死にこなす男性たちに、ケビンは「もっともっと！」「これができなかったら何もできない!!」と活を入れます。さらに萌子さんも煽《あお》っていました。「前見て！」「辛いときが成長するときだよ！」「汗かいたら気持ちも強くなるでしょ！」彼女も心底楽しそうに一緒に運動しています。その後、晴れやかな表情で「ブートキャンプ一緒にできて良かった」「しんどいときって人間性が出てくる」と語っていました。激しい運動の後、男性たちは「めっちゃ辛かった」「限界来てました」「一生で一番がんばった」と口々に吐露していました。

厳しいトレーニングや過酷なミッション、そして時々ムーディな雰囲気になったと思ったら、男性への説教や戒めの言葉が出たりして、萌子さんはメンターとしての存在感を漂わせます。シリーズの後半に、総集編として落選した男性が集合した回があったのですが、彼女が登場したとたん、MCに「何々?」「担任の先生が来たみたいな」と言われるほど、皆おとなしくなっていました。恋愛リアリティショーというより、男性の心身を鍛え、才能を伸ばす番組のようです。運命の人は結局いなかった、というより彼女の最後の選択は、その後一部の視聴者に批判もされていましたが、候補者、というより生徒たちの個性を伸ばした、という意味では多大な貢献をしたと思います。番組をきっかけに、トークが注目されて地上波のバラエティ番組に出演した男性もいました。

「みんなを通して学んだのは私は愛に満ちあふれた人だっていうこと」と、最後まで肯定感にあふれ、ポジティブな萌子さん。インドア派で自己肯定感が低い私は憧れずにはいられません。番組が最終回まで配信されたあと、渋谷区で開催される「ソーシャルデザイン」をテーマにした「SOCIAL INNOVATION WEEK SHIBUYA 2020」という意識が高そうなイベントで、萌子さんによる「バレトンレッスン」が行われることを知り、チケット代数千円だったので即申し込みました。主催は「LIFE TUNING DAYS」で、ヨガをはじめとするトータルウエルネスのコミュニティプラットフォームだそうです。この横文字だけでも、意味がわからないながら気分が高まります。私もあの番組のメンズのように、ハードにコーチングされて心身を鍛えられたい……。会場はMIYASHITA PARKの芝生ひろば。屋外なのでソーシャルディスタンスや換気的にも安全だと思われます。

当日、朝早く渋谷に向かいました。会場に着くと芝生にヨガマットが60枚くらい並んでいて、集まっている参加者は女性がほとんどでした。番組を観て萌子さんに素直に憧れている感じの参加者が多い印象です。ところで申し込んでおいて今さらですが「バレトン」とは一体なんでしょう……。アクロバティックな運動でないことを祈ります。

「バチェロレッテ」のようにヘリで登場してほしいところでしたが、萌子さんは隣の建物から歩いて入場。オレンジ色のスポーツウエアがまぶしいです。フワちゃん並みの薄着&原色のコーディネイト。2020年のトレンドなのかもしれません。そしてスタイルの良さにも圧倒されました。前半はトークショーでした。「LIFE TUNING DAYS」に絡めて、体や心を整えることについての質問がMCの女性から投げかけられました。「自分の軸をしっかり持ったら、外的要因にあまり左右されないので、落ち込むこともないと思います」と彼女らしいポジティブな言葉が。「運動するとき気を付けていることは?」「ないです（笑）。好きなことをするっていうのが一番です」と、萌子さん。「私は欲張りなのでいろんなことをしたいんです。ロードバイクは常に好きです。車に積んで山まで行って、尾根をグルグルして帰ってくる、という……。自然の中で体を動かしているのが好きなんです」。車に自転車を積んでいって、その後その自転車で山を走り回る……そんな運動のジャンルがあったとは。絶対自分には到達できない境地でリスペクトがこみ上げます（ちなみに私は自転車に乗れません）。

「心を整える方法」について聞かれた萌子さんは「ネガティブなできごとで落ち込んでしまうときがあっても、それすらも楽しんでほしい。だって感情があるって素敵なことじゃないですか！　私はこのできごとでこんなに心を痛めることができるんだっていう気付きにもなる」とポジティブに変換していてさすがです。本人も、もやもやすることがあったら「よし、走るぞ!!」とランニングしてすっきりするそうです。やはり日々の運動は健康的な心身のために必要なのかもしれません。現に、部屋にこもって仕事ばかりしている私はこの日も朝から頭痛と軽い吐き気に苛《さいな》まれていました。

「バレトン」で体調改善したいです。

いよいよ芝生の上のヨガマットでレッスンがスタート。ここでやっと「バレトン」の概要が判明。「バレエ」と「ヨガ」と「フィットネス」を合わせたNY生まれの有酸素運動だそうです。想像するだけでハードな予感です。

「バレトンは下半身と肩甲骨を使う運動です。午前中のうちに肩甲骨をたくさん動かすと脂肪が燃焼します」とのことで、老骨に鞭《むち》を打って立ち上がりました。最初は、裸足《はだし》になって足の親指だけアップ、続いて残りの四指をアップ、という足の指の運動だけ続けていて、このまま終わったら楽勝だと思ったのですが、だんだんハードになっていきました。腰を曲げ伸ばししたり、手にバレエっぽい動きをつけながら上げ下げしたり、片脚立ちして脚を動かしたり、だんだんキツくなってきたら「これはまだウォームアップです」と、萌子さん。

そのあとは、バレエっぽい手の動きをつけながら体を前に倒したり、スクワットしたり、脚を前に出してキックしたり、両脚を開いて体重移動させながら体の前で腕で8の字を描いたり、といったシークエンスが行われ、次第にスピードアップ。途中、片脚立ちで「ストップ！」と声をかけ、会場の全員が同時に片脚立ちできるまで待つ、という瞬間があって緊張しました。

「みんな、できてる！　きれい」と言われて、自分がスポーツウーマンかのように錯覚してしまいそうです。「バレトン」はバレエの要素があるので、優雅な動きが女性らしさを引き出してくれます。

後半、キツくなってきたときに「辛くなってきたら……がんばれ！」と活を入れられました。普通、エクササイズでは年配の参加者もいる場合「辛いときは無理しないでください」とインストラクターは言ってくれたりするものですが……萌子さんのレッスンではそんな生ぬるい言葉はかけられません。「辛いときが成長するときだよ！」

と、あの名ゼリフを生で聞けて感動しました。運動で巡りが良くなったのか、初冬の屋外でカットソーだけでも不思議と寒さを感じません。

「太陽の下でリズム運動をすると幸福指数が上がるそうですよ！」と楽しそうに語る萌子さん。今まで幸せの固定観念に囚《とら》われていたかもしれません……。幸せとは、仕事で成功して収入を得ることや、幸せな家庭を築くことよりも、シンプルに太陽の下で運動することで得られるものなんですね。

1時間弱のバレトンで、さっきまで感じていた頭痛は軽減し、目の焦点が合ってきた感が。単独参加でしたが、自分の体と向き合える充実した時間でした。また新たに、トレーニングやエクササイズの目標が欲しい……と思い、萌子さんの最近のツイートを見たら「モッチョム岳を登ってきました」と、何かハードそうな山に登頂していて、高次元すぎました。ここまでくれば、ネットの世界は下界すぎて何を言われても全く影響されず生きていけそうです。MIYASHITA PARKの屋上でちょっと運動しただけでも、現世の悩みをしばらく忘れることができました。

2021年1月号

植物ヒーリング

観葉植物は疲れている人にエネルギーを
あげて、枯れてしまうそうです
家には枯れかけの植物たちが…
今まで植物を育てることで
地球に恩返ししたいと思って
ましたが、逆に迷惑だったかも
そこで考えたのは……造花やフェイク
グリーンを眺めながらアロマをかぐ方式
視覚と嗅覚を別々に癒して脳内で合体
させることができます

体調が悪くなると自然の中に行きたくなります。植物には人間を癒す力があるのを実感しています。先日も、呪いのアイテムを40個くらい集めている人と会話していたら、その夜悪夢を5本くらい見て、翌日頭痛と吐き気でダウン。でも、公園に行って樹々に触ったりしていたら少し復活しました。人との適切な距離を取りつつ、植物と仲良くなりたいです。

最近、植物のスピリットとコミュニケーションできる女性と知り合い、話を聞く機会がありました。「AROMA VISION」というサロンでサイキックアロマセラピストとしてアロマの効果を伝えている齊藤帆乃花《さいとうほのか》さんです。セミナーはすぐに満席になるほど人気のお方です。かつて重度のアトピー性皮膚炎でストレスも重なって長期入院していた齊藤さんは、25年前アロマセラピーに出会って体調が改善。南米のシャーマンと出会い、代々シャーマンに伝わる精油を取り入れることで体に変化が起きて、生きることが楽しくなったそうです。

『香りの力で潜在意識を浄化する』（フォレスト出版）という齊藤さんの著書には、アマゾンの薬草治療師であるシャーマンの言葉が紹介されています。

「地球にとって最後に発生した人間は赤ちゃんのようなもの。植物は人間からすると大先輩なのだ。だからこそ人間は謙虚になり、植物から生きる智恵を教わることができる」

花や観葉植物を買って飾ったりして人間が上のように思い込んでいましたが、地球の歴史を考えてみると大先輩でした。

　また、植物は酸素を出してくれていて人間はその酸素を取り込んで生きていますが、最近の研究によると植物は酸素を出さなくても生きられることがわかったと、本に書かれていました。植物は愛と慈悲で酸素を供給し、人間を生かしめてくださっているそうです。

　酸素だけでなく、精油のアロマという形で植物のエネルギーを吸収することができます。アロマを鼻から吸うと脳に直接香りが届き、潜在意識が浄化されるとのこと。

　アロマの癒しを体験しにサロンに伺ったのですが、フロアが上の方の階なのに、ベランダに植物や木が生い茂っていて1階の庭付きの部屋に来たような感覚がありました。なんと、これらの植物はどこからともなくプランターに種が運ばれてきて勝手に育ったそうです。竹や梅、ケヤキ、シソなどがちょうどいいバランスで生えていました。

「南米のシャーマンから譲っていただいたアロマの瓶を置いてから、植物が植物を呼ぶんです。人間の神経ネットワークと一緒で植物同士はつながっているんです」

　という話に驚きました。映画『アバター』の世界です。

「ご神木級の木には精霊がいらっしゃいます。ネットワーク力があります」と、齊藤さん。何か悩みがあればご神木に相談すると、情報が伝わって巡り巡って他の植物に助けてもらえるかもしれません。今までご神木にはただ触らせていただくくらいだったので、これからは積極的に相談したいです。

　南米のシャーマンに伝わるアロマは、今は生産されていなくて手に入らないようです。サロンに並んでいる瓶からは厳《おごそ》かなヴァイブスを感じました。低温で抽出された、生きている精油だそうです。

「生きている精油で植物の神とつながることができます。また、これらの精油はアマゾン川流域の古代文明の地に自生している植物からできています。地球上の植物の大元はアマゾンから発生していると言われ、植物の祖先的な存在です。全ての植物の情報を持っています」という齊藤さんの言葉に説得力が。

　生きている精油の瓶はまるで感情があるように感じられることがあるそうで、喜んでいるときは瓶の外側に精油が出てきたり、エネルギーが鎮まっているときは瓶の内側が乾いたり香りが薄くなったりするとか。誰かが精油の瓶を持つと、その人のエネルギーと共鳴し、香りが変化するそうです。

　心霊現象には恐怖を覚える私も、ありがたい精霊が宿った瓶の話だと、不思議と怖さを感じません。ふと思い出したのが、家にある蓋が開いていないアロマの瓶の中身が勝手になくなっている現象が何度かあったこと。これは私のエネルギーが枯渇していたためアロマが干上がってしまったのかもしれません。

サロンでは、まず私がアマゾンの精油の瓶の香りをかがせていただき、そのあと齊藤さんが同じアロマをかいで、植物の精霊たちから受け取ったメッセージを伝えてもらうというセッションを受けました。まず、十数本ある貴重なアロマをかいでそれぞれの印象を伝え、好きな香りと苦手な香りに分類していきます。この香りはさわやかでこの香りは叡智が宿っていそう、これは星空を感じる、などと適当な第一印象を述べて瓶を並べます。ミント系以外はとくに苦手な香りはありませんでした。

齊藤さんは並んだ瓶を見て、

「現実をどう捉えているかがわかります。好き嫌いにほとんど差がないですね。好きな香りの種類はバラバラで偏っていないので、オープンマインドで、いろいろなタイプの人を許容する力があります。もっと情熱やときめきが増えたらいいですね」

とおっしゃいました。瓶を人にたとえるともしかしたら、どれもそこそこ好きで八方美人タイプかも？　と思ったのですが、「オープンマインド」とポジティブに捉えてもらえて嬉《うれ》しいです。

香りの「好き嫌い」は、人間関係の「好き嫌い」にも当てはまるそうですが、それは後付けの思い込みというパターンが多いとか。人間関係の「嫌い」「苦手」はなかなか変えられませんが、精油の香りを使うと無理なく変えられます。好きな香りに苦手な香りを少し混ぜてアロマをブレンドするのが効果的だそうです。私もしばらく苦手な香りをミックスさせたアロマをかいでいたら、そのおかげかわかりませんが、疎遠になっていた人何人かから連絡がありました。

香りはかいだ人に同調するので、それをリーディングして翻訳するのが齊藤さんの役割です。

他にアロマに宿る植物の精霊から齊藤さんが受け取ったメッセージは……「胸から気管のあたりにモヤモヤがある。免疫力が下がると菌が付きやすい」など、気がかりなことも。たしかに心配な考え事が多いからかモヤモヤして胸から胃に重い感じがありました。その胃腸の不調は「左脳の言語中枢を仕事で酷使していると疲れて胃にくるようですね。肩こりや疲れ目も左側の神経から来ています。胃腸にはミントがいいですよ」と、植物の精霊はかんたんな処方箋まで出してくれました。さらに何でもお見通しの精霊は仕事のアドバイスまで……。

「コメディタッチで次々仕事をこなしている姿が見えてきたので、思わず笑ってしまいました」と、齊藤さん。「植物からのメッセージは、『日常を切り取って人々がクスッと笑うことを書きましょう』一コマを切り取って笑わせるような作品です。あとは『人の心理を掘り下げて書きなさい』ということ。この二つが軸になって、人を癒すことができる、それ自体が使命です。そこに特徴的な感性や目線が表れるそうです」

家にある観葉植物が、監視カメラのように私の仕事中の姿を転送したのでしょうか……。

「インスピレーションは頭頂から降ってくる感じで受け取っています。疲れていたり調子が悪かったりすると混乱して受け取りづらいです」

確かに体調に左右されがちです。植物の精霊はさらに難易度の高いアドバイスをくださいました。

「今後は集大成として一人の人生を掘り下げて書くと良いですね。空想でも良いです。もうちょっと深みのあるものを書くと後世に残るかもしれません……」

植物の精霊に掘り下げて聞くと、具体的なストーリー設定なども考えてくれそうです。プロデューサーのようです。植物の精霊から人生の宿題をもらったような神妙な気持ちになりました。植物の精霊と仲が良い齊藤さんは本が増刷になったそうで羨ましいです。本の原料も植物なので、植物に愛される人は出版関係で成功するのでしょうか。

ちなみに私の部屋は観葉植物がすぐ枯れてしまうのですが、そのことについて伺うと「植物は疲れている人に命をあげるんです。植物を育てている人が元気だと長生きします。相性じゃなくて、植物を枯らす人は自分が疲れている場合がほとんどです」とのことで、植物に対して申し訳ない気持ちになりました。部屋に邪悪な霊でもいるのかと思っていましたが、自分が原因だったとは。「これは育てるのが簡単ですよ」と言われたガジュマルのような観葉植物でさえ、どんどん衰弱して枯れてしまっています。植物の本質は愛であり慈悲だそうですが、いつまでもそこに甘えて枯らしまくるのもどうかと思います。植物は自分では育てずに、観葉植物のお店にたまに行ってエネルギーを吸収するのが良いのかもしれません。もしくは公園や神社の木と触れ合ったり……。植物との距離感についても考えさせられました。

植物が精油の状態なら、気軽に取り入れることができます。アロマについて学び、毎日何かしらアロマを吸引していたら、外界の香りにも敏感になってきました。例えば、街を歩いていたらヒノキの香りがして神社を一部建て替えているのを見つけたり、コーヒーの匂いでおしゃれカフェを発見したり……。7、8メートル先からイカめしの匂いを感知して売り場にたどり着いたことも。その逆もあり、警戒センサーが働きやすくなった感があります。例えば、この場所にこれ以上いたら危険だという直感が働いたら、イベント会場でも施設でもすぐその場を離れるようにしています。ウイルスに感染しそうな状況はできるだけ避けなければならない昨今ですが、アロマで嗅覚を鍛えておくことで直感を受け取りやすくなります。さらに進化して植物の声を聞けるようになるのが夢です。

とりあえず、今4つある鉢のうち枯れかけている3つの観葉植物の鉢に対峙《たいじ》してみると、「働きすぎじゃない？　私たちみたいになる前に休んでね」と枯れかけた植物たちが言ってくれているような気がして、目頭が熱くなりました。

2021年2月号

その後

観葉植物が次々枯れがちだったのですが、2槽式ポッドを取り入れて、植物が自分の必要なときに必要な分だけ、下の槽から吸うようにしたところ、以前より長生きしてくれるように。どうやら、必要以上に水をあげすぎてしまっていたのが枯れる一因だったようです。それは人間関係にも当てはまっているのかもしれません……。

カテキンでウイルスディスタンス

お茶席にて、先にお茶が出された前の席の男性が、飲む前に下座の私に会釈してくださいました
お先に失礼いたします
その素敵な風習をさっそくまねしたのですが、
お先に失礼します
後ろの人に無視されました……
でも、抹茶の成分テアニンが心を和らげてくれました

カテキン様、いつもありがとうございます。緑茶を飲みまくったこの1年。それまではハーブティを毎日飲んでいましたが、緑茶に含まれる「エピガロカテキンガレート」という物質に高い抗ウイルス効果がある、という記事を読んでから、緑茶を選ぶようになりました。

埼玉県で入手した「味の狭山《さやま》茶物語」というパンフにも、カテキンがウイルスが細胞に取りつくためのスパイクのジョイント部分を塞ぎ、インフルエンザなどの感染を予防する、と書かれていました。奈良県立医大の研究チームも、市販のお茶に新型コロナウイルスを不活化する効果があると発表しています。以前にもインドのERA医科大学で同様の研究結果が発表されていました。コロナ禍で時々、緑茶の効果についてのニュースが話題になります。体内の環境と実験の環境は違うので、実際にどのくらい効果があるかはわかりませんが、カテキンが自然免疫を担う細胞を活性化させ、体内の炎症を抑え、抗酸化作用を持っているのは確かです。日本は緑茶だらけなので、とくに買い占めも起こらず常に市場に流通しているのが素晴らしいです。

カテキンに祈るような日々を送っていましたが、「朝茶の湯」というイベントを発見したので申し込んで行ってみました。朝のオープン前の東京タワーメインデッキで茶道を体験できるという優雅な企画。高さ150mのメインデッキで、下界とのディスタンスを取ることで、日頃の不安から逃避できそうです。

集合は朝8時15分に東京タワーのフットタウンビル正面玄関、というのがちょっときついですが、久しぶりに早起きして神谷町へ向かいました。朝8時前の神谷町の大通りは人通りもほとんどなく、でも気になったのが路上で険しい表情の男性2人がタバコを吸っていたこと。何か見てはいけない人たちを目撃してしまったようで、足早にその場を立ち去りました。東京タワー周辺はパワースポットなのか、宗教施設が結構目立ちます。不思議なのは、聖アンデレ教会の隣にまた別のSt. Alban's Anglican-Episcopal Churchという教会が建っていたこと。間違える人多そうです。そして忘れてはいけないのがフリーメイソンのロッジの存在。ちょうど時間帯的に太陽がメイソンロッジの横から朝の光を放っていて、パワーが増幅されていたような……。現地には早めに着いてしまい、しばらく屋外で待つことに。寒いので自販機のお茶を買いたい衝動にかられつつ、これからちゃんとした抹茶を飲めると思ってしばらくがまんしました。

時間が来たので案内に従い、東京タワーのメインデッキへ。参加者10人前後でオープン前の空間を体験できます。東京タワーから下界を見下ろすと、まず視界に入ったのが男子校のグラウンド、それから東京タワー周辺に意外と多い墓地でした。つい下の方ばかり見てしまいますが、遠くに目を向けると雄大な富士山が見えました。ただ、最近言われているように、今年の富士山は雪が少なく青い地肌が見えます。一説によると地中のマグマが活性化した影響で富士山の地表温度が上昇していて、噴火が近いとも……。せっかくの良い眺めを見てもそんな不吉なことばかり考えてしまいます。清掃スタッフの女性が、他の人に「お客さん、ラッキーですよ。こんなにきれいに富士山が見えて」と話しかけているのが聞こえて滅亡思想を反省しました。その女性は、「夜はムカデのような道路が車のヘッドライトで東京タワーに見えるんです」と謎めいたことも言っていました。

「朝茶の湯」は1フロア下の、椅子が並べてあるコーナーで催されました。お茶会のホスト（席主）は茶道裏千家の准教授で、戦国武将・森蘭丸の弟の血筋であるというやんごとなきお方。今回のお茶会のお道具がどれも由緒正しいのは、そんな席主のお力かもしれません。東京タワーから見える、丹沢や富士山、房総半島などの景色についての解説もあり、旅行になかなか行けないのでこうやって高いところから眺めるだけでも良いかもしれない、と思えてきました。まず、味噌《みそ》を付けて焼いた京都のお菓子が配られ、前に座っている女性が抹茶を点《た》てました。愛知県の西尾の抹茶だそうです。一番前に座っている参加者が正客となり、最初に抹茶を出され、作法に則《のっと》って茶《ちゃ》碗《わん》を回している姿を見て、後ろの席で良かったと思いました。

「このお茶碗は朝日《あさひ》焼の『月白釉《げっぱくゆう》』で、宇治の土を使っています。こちらは備前《びぜん》焼で、三日三晩焼いて灰に埋もれて出てきます。何十碗焼いて一つ売れるのが出るかどうかという世界です……」と、席主の先生がお茶碗の説明をしてくださり、お茶と一緒に知識が吸収できます。老後、どこかの庵《いおり》でお茶碗でも作りたいと夢見ていたのですが、思ったよりハードで妥協のない世界だとわかり、素人《しろうと》が簡単に手を出すものではないかもしれません。私が飲んだ抹茶のお茶碗は萩《はぎ》焼で、薄いベージュが上品で手触りもなめらかでした。味覚や嗅覚だけでなく、お茶碗を触った触覚でも癒されます。他にも、高取《たかとり》焼の水指《みずさし》、備前焼の香合《こうごう》、萩焼の茶碗、鶴丸紋《つるまるもん》古銅《こどう》の建水《けんすい》など、格式の高いお道具が集まっているようで、多分、客の自分よりも道具の方が素晴らしい気がして恐縮。でも、東京タワーからの絶景を眺めながら飲む抹茶は格別でした。

終わってから席主の先生に、「お茶は風邪《かぜ》予防になったり健康にもいいんですよね」と尋ねると「お茶をやってる人間でインフルにかかった話を聞いたことがありません。私たちも毎日飲んでいるわけではなく週2、3回なのですが……」とのことでした。やはり「エピガロカテキンガレート」が……と、抹茶の霊験を改めて実感いたしました。これからもカテキンを信奉してまいります。

抹茶への思いがますます高まっていたある日、ふと開いたインスタグラムに茶道教室の広告が出てきたので、思わず反射的に予約してしまいました。次の日伺うと、商業施設の中のおしゃれなお茶のお店で、奥に教室のスペースがありました。私以外は20代の男女グループと、20～30代位の和風美人でアウェイ感が漂います。でも、このご時世なのでお茶を飲んだりお菓子を食べたりする時以外はマスク着用で年齢感もうやむやになって気が楽です。先生は木村カエラみたいな茶髪の若くてかわいい女性でした。フェイスガードにパンツ姿がちょっと近未来っぽいです。気軽に立ち寄れる茶道の教室で、椅子に座ってお点前《てまえ》をするそうです。

「まずはお薄《うす》を一服さしあげます」と、お菓子を出していただきました。ピンク色のあんこの入ったお餅で、食べる前に形を鑑賞し、クロモジの楊枝《ようじ》で切って断面を眺める、という雅《みやび》な食べ方を教わりました。ゆっくり食べるといつもよりおいしく感じられ、値段分ちゃんと味わえた気がします。

先生は慣れた手つきで茶筅《ちゃせん》を動かし、抹茶を泡立てていました。私も、これまで家で何度か抹茶を泡立てようとしているのですが、ただ混ざるだけで一度も泡立ったことがなく……。これを機に若い先生の手つきをじっくり見てテクニックを学ばせていただきました。まず、手首のスナップで（力を入れず）縦に茶筅を動かし、泡立ってきたら縦に動かしながら左右に茶筅を往復させ、最終的に穂先を上げて茶筅を動かし、表面を細かく整えて仕上げます。あとで実技の時間にやってみたら、数十秒ほどで泡が発生。ついに泡立ちました！　今まで何度混ぜてもただ緑色の液体にしかならなかった抹茶が……。抹茶が立った……クララが立った時のような感動がこみ上げました。はじめて自分で泡立てた抹茶は、渋みを細やかな泡が包み込み、人生のひとときが祝祭に昇華されたようでした。「上手です」「いい感じです」と先生が回りながら声をかけてくれます。他の参加者ももれなく全員泡立っているようでした。

お茶文化についての講義もあり、「お茶が日本に入ってきたのは何時代でしょう？」「千利休の本名は？」といったクイズを交えて楽しく学べました。ちなみに最初にお茶が入ってきたのは平安時代で、最澄が中国から持ち帰ったそうです。続いて抹茶は臨済宗を開いた栄西が鎌倉時代に持ってきたとのこと。そして村田珠光という室町中期の茶人が「わび茶」の創始者となりました。肖像画を見ると、眉毛が長い初老男性で侘《わ》び感が漂っています。千利休はそれから100年後に「わび茶」を確立。今の時代に続く茶道を完成させました。ちなみに本名は田中与四郎だそうです。千利休のブランディング力もさすがです。やはり抹茶にたずさわる高僧たちの名声を見ると、抹茶は集中力や頭のキレやポテンシャルを高める飲み物だと改めて思えてきます。先生は、葉っぱを丸ごと食べる抹茶の健康効果についても語っていました。美肌や代謝アップ、免疫力向上、認知症予防、など。つい最後のワードに反応してしまいました。

抹茶が泡立ってテンションが高まったこともあり、つい結構値が張るコースに入会してしまいました。でも抹茶で仕事の能率が上がることを期待しています。コロナ禍で、生きるのがやっと、というなりふり構わない状態だったので、お茶のレッスンで人間の品格を取り戻したいです。「茶道の世界では50代でも若いです。なのでみなさんはめっちゃ若いですよ」という先生の言葉が入会の後押しになったのは否めません……。

2021年3月号

海外の大学に室内留学

海外の大学のオンライン講座をチェック
していて気になったのは女性教授の笑顔
イェール大学
サントス教授
ジョンズホプキンス
大学 ガーリー教授
全員おでこ出し
イェール
大学
ホワイト
教授
まぶしすぎる
万能感、自己肯定感、知性、そして
ポジティブオーラがすごいです。成功者の
笑顔を拝むことで運気を高めたいです

緊急事態宣言が発令されると、外で見識を深められないかわりに、家で何かオンライン講座を受けなければ……という衝動にかられます。室内でタブレットを眺めているぶんには完全なソーシャルディスタンスで先生の飛沫も飛んでこないし安全です。2020年の外出自粛中は全国民に給付されたお金をほぼ全額「データサイエンス」の講座に注《つ》ぎ込んでしまいました。手に職をつけなければという焦りと「データサイエンティスト」という肩書きのかっこよさへの憧れから……。理系のクールな講師（大学院で情報倫理を教える教授）が淡々とレクチャーする声を聞いて、精神的に落ちつく効果が得られた、というのが大きな成果です。「統計的機械学習」と「人工知能」の違いや「情報倫理」についてなど興味深い話がありましたが、受講した「入門編」の次に進むには数学を勉強しなおさなければならないという関門が！　数学の書類が配布されたのですが微分積分の公式を見て意識が遠のき……データサイエンティストの道はあきらめました。続いて受けたのはイェール大学の「The Science of Well-Being（幸せの科学）」という心理学の講座です。女性の教授のＩＱ高い系の波動に自分の脳が追いつけず、気付いたら急激な眠気に襲われ、動画を全部見られたためしがないまま受講がストップして挫折。全編英語というのも睡魔を後押ししていました。10代の頃は海外に留学するのが夢で結局叶《かな》わないままでしたが、それで良かったかもしれません。海外にまで行ってずっと授業中寝ていた気がします。

それから半年ほど経《た》ち、また緊急事態宣言が発令。気付いたら再び反射的にオンライン講座のサイトをタップしていました。イェール大学の時と同じく「Coursera（コーセラ）」という教育技術のサイトです。スタンフォード大学の教授によって設立された営利団体。世界中の大学のオンラインコースを受けられるという素晴らしいサービスで、学位を取りたい場合は有料ですが、ただ授業を受けたいだけなら無料で、ありがたすぎます。「データサイエンス」講座に大金を注ぎ込んだぶん、無料講座で埋め合わせたいです。久しぶりだったのでサイトの登録からリスタート。まず、自分の情報を入力するのですが、「私は〜になりたい」というキャリア目標のリストから仕事を選択しようとして、途方に暮れました。「IT Operations」「Audiologist」「Sales Coordinator」「Inside Sales Coordinator」「Software Account Executive」「Construction Safety Specialist」「Analytical Chemist」「Clinical Project Manager」「Litigation Legal Secretary」「Conservation Scientist」……全く概要がつかめない職業名が延々と続きます。翻訳アプリで調べても「IT運用」「オーディオロジスト」「セールスコーディネーター」「セールスコーディネーターの内部」「ソフトウェアアカウントエグゼクティブ」「建設安全スペシャリスト」「分析化学者」「臨床プロジェクトマネージャー」「訴訟弁護士秘書」「保全科学者」といった感じで、ますますわからなくなります。私の周りの知っている職業「編集者」「ウェブデザイナー」「カメラマン」などの関連職業が全然出てきません。アメリカの職業の方が進化しているのかわかりませんが、すでに格差を感じます。全く馴染《なじ》みのある業種がなく、最終的にキャリア目標に選択したのは「Retired（引退）」でした。他に具体的にイメージがわく仕事がなかったので……。

手始めに申し込んだのはJohns Hopkins University（ジョンズホプキンス大学）の「COVID-19 Contact Tracing（COVID-19コンタクトトレーシング）」。ジョンズホプキンス大学といえば、毎日のように新型コロナウイルスのニュースで名前が出てくる、世界屈指の医学部がある最難関大学です（あるランキングでは医学部世界5位）。29名のノーベル賞受賞者を輩出。あの新渡戸稲造も留学していました。毎日、世界の感染者数などのデータを大学のサイトで発表していて注目度が高いです。２０１８年の時点で、パンデミックの危険を警告していたそうで、そんな大学の授業ならコロナ禍を乗り越えられる学びを得られそうだと期待。まず「コンタクトトレーシング」というテーマの意味がわかりませんが、とりあえずスタート（後日調べたら接触者追跡、という意味でした）。

講義を進めているのは伝染病の疫学研究者であるEmily Gurley教授で、ほとんど顔出しがないのですが、声に知性と経験値がにじみ出ています。検索したらシルバーヘアのソバージュの知的な美女でした。こういう方に情報番組のコメンテーターになっていただきたいです。「皆さんには私たちがCOVID-19と呼ぶウイルスの起源を説明できるように、そして重症化リスクについても説明できるようになっていただきたいです」と話し始めるガーリー教授。ウイルスの英語読みはヴァイラスだと発音も学びました。コロナウイルスの写真が表示され「起源はコウモリです。生物種を飛び越えて人に感染します」と、教授。過去のSARSやMERSについての説明があったあと、小テストのページになりました。「SARS-CoV-2（COVID-19）はどこから来たのでしょうか？」という質問でした。選択肢には「ウイルスに感染したチンパンジーが人間に噛《か》み付いた」という映画『猿の惑星』のような項目も。「実験室から誤って放出された」という項目を、人工ウイルス説を半分信じているので選びたかったのですが、ここは冷静に「コウモリ」を選んで正解に。ちなみにテストのページには必ず「自分自身のものではない提出物を提出した場合、このコースから永久追放、またはアカウントが無効になることを了承しました」という一文とチェックボックスが表示されているのは、カンニングや替え玉防止策のようです。

続いて感染者の症状についての説明が。「Fever（熱）」「Chills（寒気）」「Tiredness（疲れ）」「Muscle pain（筋肉痛）」「Cough（咳《せき》）」「Difficulty breathing（呼吸困難）」「Headache（頭痛）」「Sore Throat（喉の痛み）」など、これらの単語を覚えておけばいつか海外旅行中に体調に異変があった時に使えそうです。ちなみに「青い唇または顔」「呼吸困難」「呼吸時の胸痛」「息切れを伴う睡眠中の目覚め」などの兆候があった場合は、緊急事態なのですぐに治療をする必要があるとのことです。潜伏期間は2～14日です。

「検査にはPCR検査と抗体検査があります」と教授。感染した人の血液にはIgG抗体が現れるそうです。感染を防ぐには、手洗いとマスク、目鼻口に触れないことが重要、という基本事項も説明されました。グループホームや高齢者施設、寮、刑務所、シェルターなど共同生活しているところがハイリスクです。くしゃみ、咳、会話、歌いながらの移動も飛沫が出る危険があります。6フィート以内で15分以上の会話も感染の危険が高まります。15分は連続している必要はなく、加算されるとのこと。24時間のうち、例えば5分間の会話を3回するのも、ジョンズホプキンス大学的には密接な接触になるそうです。

教授の説明動画のあとに、小テスト、という繰り返しでレジュメは進んでいきます。昨年は英語による眠気で挫折しましたが、今回はテーマ的に、命がかかっているような思いで取り組んだので、そんなに睡魔に襲われませんでした。ちなみに英文が読めない時は、Google翻訳アプリでタブレットを写真撮影し、自動翻訳しています。そうやって小テストをなんとかこなしていたら、半分カンで答えているのに正解率が高くて、ノーベル賞受賞者を輩出した大学で好成績を取っているという錯覚に陥りかけました（ほぼ選択肢から正解を選ぶ問題ですが……）。

「Basics of COVID-19（COVID-19の基本）」に続いて「Basics of Contact Tracing for COVID-19（COVID-19のコンタクトトレーシングの基本）」「Steps to Investigate Cases and Trace Their Contacts（症例を調査し、その接触を追跡する手順）」と、濃厚接触や隔離、追跡について学んでいきましたが、予防や免疫力を高める方法については出てこないようでした。テーマが「接触者追跡」だからかもしれませんが……。素人が追跡について学んでも役に立てられるのか自信がなくなっていきました。次第に下がっていく学習意欲。しかも進度が速くて、気付いたら40個の小テストがしめきりを3日すぎていました。講座のページのトップには目安として「6時間で終了」と書かれていますが、私は数週間やっているのに全然終わりが見えません……。海外の大学は入ってからが大変というのは本当だったんですね（そもそも入学してないですが）。授業のレベルの高さや教授の教材作りへの熱意と労力にも圧倒されました。日本の大学、ヤバいのでは……という気が薄々としてきました。とりあえず、「ジョンズホプキンス大学の課題が忙しくて……」と聞かれてもいないのに人に言ったりして、自己承認欲求を満たしています。アメリカの超難関大学の授業を受けている、この体験だけでも免疫力が上がる気がしてきました。サイトを検索すると、Imperial College London（インペリアル・カレッジ・ロンドン）の「Global Master of Public Health（公衆衛生のグローバルマスター）」、Yale University（イェール大学）の「Introduction to

Psychology（心理学入門）」、Stanford University（スタンフォード大学）の「Algorithms（アルゴリズム）」、Princeton University（プリンストン大学）の「Analytic Combinatorics（解析的組み合わせ論）」など他にも超名門大学のオンライン講座の数々が！　講座のタイトルが意味不明でも申し込んでしまいそうです（まだジョンズホプキンス大学が途中ですが）。ステイホーム中は学歴ロンダリング欲が止まりません……。

２０２１年４月号

その後

久しぶりに「Coursera」にアクセスしたら、有料コースへの動線がしっかりできていました。「修了証なし」を選択すれば無料で学べるコースも一部あります。デューク大学のチンパンジーの行動や会話についての講座を拝見。チンパンジーは意外と大型哺乳類を狩って食べたりするというのは新たな発見でした。チンパンジー生活への理解が深まりながらも、また三日坊主に……。

予言を知って心の準備

インド占星術でパンデミックを予言した
アビギャ・アナンドくん
2019年8月の動画
Disaster happens....
初々しいです
2021年は録音機材もアップグレード
ファッションも洗練
2021年3月 インド神話についてトーク
Newmoon is the perfect time to start something.
備えあれば憂いなし
将来的には日本の予言セレブ市川海老蔵氏のようになっていく予感が…
こなれ感

気候変動に疫病など、人類滅亡の予兆を感じる昨今。予言につい引き寄せられます。先日、市川海老蔵氏が地震の予言をしたということでニュースになっていました。2月13日に「なんとなくだけど、地震きて欲しくないなーとふと思う、」とツイートしたら夜、福島県沖で地震が発生。東京も長く揺れました。もともとシックスセンスが発達している方のようで、その後YouTubeの動画でさらなる予言を発信していました。自宅のベランダ的な空間に、スエットにパーカーのフードをかぶったこなれファッションでたたずむ市川海老蔵氏。しかし彼の言葉はそんなリラックスムードとはかけ離れていました。

「去年の4月か5月からもうちょっとすごいの感じ取ってるんだよね。でも多分言わない方がいいと思う」「本来あるべき仕事も全部キャンセルしてその時期はちょっと休もうかなって」「すげー気になる日があってピンポイントなの」と、不穏な匂わせが。黒いフードをかぶった姿も不吉な印象です……。「備えあれば憂いなし」とのことなので、保存食や水など準備しなければと思いました。ただ、こうやって予言を公言すると、逆に人々の集合意識が働いて阻止しようとするのか、予言が外れることが多いそうです。海老蔵さんはそれでも自分の引き寄せ力は強いとおっしゃっていましたが……。一般人の念と海老蔵さんの引き寄せ力、どちらが強いか見守りたいです。

ところで去年、アメリカでも話題になっていたのが、コロナを予言していたと言われる女性霊能者、シルビア・ブラウンです。2013年に亡くなった彼女は全米一の霊能者と言われてFBIの捜査に協力もしていたお方。2008年に出版された『End of Days』に、新型コロナらしき記述があったのが発見され、キム・カーダシアンがSNSで拡散してバズっていました。その邦訳『シルビア・ブラウンが視た世界の終わり』（東京創作出版）を読んでみると……第7章に件《くだん》の予言がありました。

「2020年ごろには、重度の肺炎のような病気が世界中に蔓延し、肺や気管支を攻撃し、既知の治療法に抵抗するようになる。病気そのものよりも、この病気が発生してすぐに突然消え、10年後に再び襲い、そして完全に消えてしまうという事実のほうが不思議である」

たしかに、時期と重度の肺炎というところは合っています。でもそのあと突然消えていないような……この部分も当たってほしかったです。他に気になったシルビア・ブラウンの予言もいくつかピックアップしてみます。

「遅くとも2015年までに、すべての新築住宅は太陽光発電と組み立て式に」

「2020年後半までには、私たちのうちの何人かはドーム都市に住むようになるでしょう（テロリストや大気汚染から身を守るため）」

このあたりはまだ実現していないようですが、ドーム都市は未来っぽくてワクワクします。都市までいかないですが、ドーム型のグランピングのテントはここ最近流行《はや》っています。

ちょっと当たっている気がしたのは、

「2019年までには一般の人々も（高機能で非常に便利なロボットを）利用できるようになり、料理から掃除、ペットの世話、寝る前に読み聞かせをすること、宿題を手伝うこと、コンピュータ技術を教えることなど500以上の複雑な音声指示に応答できる予定です」

という予言。2017年頃から広まったAI搭載のスマートスピーカーのことを表しているのでしょうか。時々具体的に当てるのがすごいです。

他にも、2020年までには視覚や聴覚をサポートする装置や素材が開発されて、それを体に移植したりすることで、失明や聴覚障害は過去のものになる、とか2025年頃までにクローン技術が発達し臓器のクローンを作ることが可能になる、2010年末までには温度と湿度が高い小部屋に入って細菌を壊滅させる風邪の治療法が開発される、といった予言もありました。まだ存在していないので、開発者や研究者の方はぜひシルビア・ブラウンの予言を参考にして、実現してほしいです。

この本には、シルビア・ブラウンご本人の予言だけではなく古今東西の予言も収録されていました。「はじめに」の「おびえるのにはもう飽きました。あなたもそうでしょう」という出だしに心をつかまれます。あらゆる予言の知識をインプットすることで、「恐怖を事実に置き換え、知識が力であることを証明」できるそうです。まさに煩悩ディスタンスな姿勢。第1章の「私は恐怖を共有するすべての人々のために、まずこの世界に地球市民の終わりは差し迫ってはいないことを、明白かつ具体的な証拠を挙げて述べていきます」というシルビア・ブラウンのメッセージが心強いです。

キリスト教や仏教、ユダヤ教、イスラム教、ヒンドゥー教などの預言や終末予言も収録。修道士や神父、宣教師など聖職者が予言するパターンも多いです。文面が詩的で、なかなか読解が難しいです。1917年、ポルトガルに聖母マリアが出現して語った「ファティマの予言」の、「第3の予言」もこの本で紹介されていました（パウロ6世が封を開けて読んだらショックで失神したといういわくつきの予言）。「聖母マリアの左手の少し先に、左手に刃のついた天使が見えた。火が放たれ、まるで世界が炎で包まれたかのように燃え上がった」ではじまり、聖母マリアや神が一瞬現れたりしますが、天使が大声で「罰、罰、罰！」と叫んだり、司教や宗教者が山を登っていくと途中に死体の塊があったり、山の頂上で司教たちが次々と殺されたり、一般の人々も殺され、殉教者の血が集められる、といった修羅場が描かれています。

たしかに恐ろしいですが、司教が出てきた時点で遠い外国の話だと思ってしまいました。司教にとってはひとごとではないですが……。

もっと具体的な予言を知りたいです。超能力者として名高く、今も信奉する人が多いエドガー・ケイシーも数々の終末予言を残していました。催眠状態で未来をリーディングするのが彼の特徴でした。

「大西洋（失われたアトランティス大陸）と太平洋（失われたレムリア大陸）に陸地が出現する。そして現在の多くの国の海岸線は、海の底になるだろう」

「地球はアメリカの西部で分裂するだろう」

「日本の大部分は必ず海に沈没する」

……「必ず」ってなんですか。日本に恨みでもあるのでしょうか？　夢のままにしておいてほしいビジョンです。エドガー・ケイシーはひまし油湿布とか、さまざまな療法を考案した偉大な人かもしれませんが、終末予言で日本人の不安を煽るのはやめてほしいです。

超常現象の研究者で神智学協会の設立者、ヘレナ・ブラヴァツキー夫人も、「アトランティスの代わりにイギリス全土と北西ヨーロッパ沿岸の一部が海に沈む」と、地形変動を予言。後世の人を簡単に沈めがちです。

『シャーロック・ホームズ』シリーズで有名なアーサー・コナン・ドイルも予言をしたためていました。

「自然界の変動が起こり、人類の大部分が滅びる。大きな地震や巨大津波が原因のようだ」

「さらなる大変動は太平洋南部と日本の地域で起こるだろう」

と、また日本が標的に……。煽り系予言に心が翻弄されます。

ロシアの超能力者、グリゴリー・ラスプーチンは、

「人類は大惨事の方向に向かっている。能力の低い人が車を誘導する」「人類は狂人の咆哮《ほうこう》に押しつぶされる。英知は鎖でつながれる」と、詩的な文体で悲観的なことを綴《つづ》っていました。ノストラダムスの4行詩もそうですが、予言ポエムは若干中二感も……。そして受け止める側の読解力も必要とされます。

「近代科学の父」アイザック・ニュートンも予言を残していました。偉大な科学者のニュートンは世界の終わりがいつなのか、独自に計算もしていたそうです。紙に殴り書きされたその年代は……「2060年」。意外と近いです。ニュートンの計算なので妙な説得力がありますが、なんとか滅亡を阻止するためには地球環境を改善しようと人類が力を尽くすしかないのでしょうか……。

また、昨今話題になった予言といえば、インド人の少年（2006年生まれ）、アビギャ・アナンドくん。インド占星術（ジョーティッシュ）はよく当たると言われていますが、純粋な少年による占いの的中率は半端ないです。占星術やヴェーダ、アー

ユルヴェーダの深い知識を持ち、すでに先生として学生に教えているアビギャ・アナンドくん。ロータリークラブやライオンズクラブから賞をもらったり、世界神童賞など受賞歴多数、地元のスターのような存在です（授与した団体を見ると、なんとなくフリーメイソンの息がかかっていそうですが……）。彼は２０１９年８月の時点ですでに動画で新型コロナを予言していたことが世界で話題になりました。「２０１９年11月にウイルスによるパンデミックが発生」「航空業界、自動車産業が打撃を受ける」「２０２０年12月20日から２０２１年３月31日にかけて同時多発的に新種のウイルスが発生」など、現在の変異株まで言及していて戦慄します。「経済は２０２１年11月13日からゆっくり回復」という予言に望みをかけたいです。また、ウイルスに負けないために、有機野菜を食べたりウコンを摂取したりして、免疫力を上げることが大切とのことです。坊主頭でストイック系でよく見たら美少年のアビギャ・アナンドくんの映像で少しは免疫力が高まりそうです。

アビギャ・アナンドくんの公式チャンネル（チャンネル名はConscienceで良心という意味）を久しぶりに観たら、声も低くなって成長した上、録音機材もグレードアップ。さらにお母さんと妹まで動画デビューしていました。妹のハーブの知識も素晴らしくて、ペパーミントの成分や効能などを流暢《りゅうちょう》な英語で解説。清らかな声で歌まで披露している動画も。妹さんも神童オーラがありました。お母さんも子どもたちの教育について語っていて、聖なる家族とコメント欄で絶賛されていました。さらに観てみるとお父さんまで寸劇動画に登場していました。予言が当たると家族全員がセレブの道に……。幸せそうなファミリーの映像を観ると予言の恐怖も和らぎます。

予言は当たったら賞賛され、当たらなかったら自分のパワーで回避できたとか、予言を公表したから運命が変わったとか、いかようにも言えます。後世の人がいろいろな解釈ができそうな意味深な文章で書くと、なんとなくこじつけで当たったことになりそうです。もっと人は気軽に予言をしてみても良いのかもしれません。3ヶ月以内に、Mずほ銀行のATMでトラブルが起こるでしょう、とか。そして受け取る側もシリアスになりすぎず、エンターテインメントとして受け止めれば良いのです。ポジティブな予言、不吉な予言、適当予言が入り交じって世の中を撹乱《かくらん》すれば、恐怖を煽る予言のパワーも衰退することでしょう。

2021年5月号

その後

天才予言少年アビギャ・アナンドくんは、今も次々とインド占星術による予言を発表しています。日本で23年10月末に大地震が発生する、という予言もあったようですが、それは当たらなくて良かったです。やはりネットを通じて予言が広まったことで、多くの人が意識して、その念のパワーで地震のエネルギーが相殺されたのでしょうか。また、ときどきかわいい妹さんと歌ったり工作したりする癒し系の動画をアップしているのでそちらで不安を軽減できそうです。

オンラインツアーで
省エネ海外旅行

現地のガイドさんが一番楽しそうな気がするオンラインツアー
パリでマカロン
高貴な味ですね
バルセロナで生ハム
めちゃくちゃおいしいです!
ワルシャワのポンチキ
外側の砂糖がすごい
番外編
魚を食べるピンクイルカ
でも異国でコロナ禍になって大変だと思うとねぎらいの気持ちがわいてきます

海外旅行に行けなくなってしまった昨今、目の前に広がるのは乱雑な自室の光景ばかり……。異国に行って気分をリフレッシュしたいという欲求が日々高まっています。コロナ禍の中、無理矢理海外に行っている人もいますが、現地に着いてからと帰国後の自主隔離期間が必要なので現実的ではありません。

今、安全にディスタンスを保って旅行できる手段として「オンラインツアー」の人気が高まっているようです。先日もテレビで特集していました。「ドバイのスパイス市場ツアー」では、実際に参加者が市場で欲しいものを購入できて、後日配送されるそうで物欲が満たされますが、参加費は1万6000円と高めでした。「ケニア・ナイロビ国立公園サファリライブツアー」では、ツアーガイドの男性のキャラが立っていて人気が出そうでした。他にも、ハワイの買い物ツアーや、インド人の自宅からカレーの作り方を教えてもらえるツアーなど、魅力的なオンラインツアーの数々が。画面ごしでどれだけ旅行欲が満たされるのでしょうか。申し込んでみました。

まず、参加したのは「ヨーロッパ周遊ライブツアー」。実は今までヨーロッパに行ったことがなく、画面ごしでも数千円で一気に回れるのならかなりお得な気がします。体力も消耗せず、お金もほとんど使わず、オンラインツアーの快適さに慣れたら逆にリアル旅行に戻って来られなくなりそうです。

開始時刻の少し前にスタンバイし、Zoomにつなぎました。するとなぜか画面に大きく映し出されたのは、どこかの家庭のお父さんのスキンヘッド。「パパ〜」という声が聞こえてきます。マイクやビデオをオンにしていたのでしょうか？　Zoomはこういうことがあるから油断できないです。自分のビデオと音声がオフになっていることを確認。オンラインツアー、ただ見ているだけならテレビ中継と何が違うのかという説もありますが、今回のツアーでは参加者はチャットで参加できるようです。旅行代理店の女性スタッフが「携帯電話からの中継」「電波や音声の乱れが発生する可能性がある」といった注意事項を説明したあと、さっそくパリからの中継がスタート。「本日のパリは嘘《うそ》のような晴天です」と、パリ支店のO氏。マスク姿の痩せた男性で、ロックダウン中のパリで何かと気苦労が多いのではないかと老婆心ながら心配です。携帯のカメラで映しながら、シャンゼリゼ通りを歩いていきます。マカロンで有名なラデュレのお店が見えてテンションがアップ。今はロックダウン中でテイクアウトのみだそうです。買ってきたマカロンのパッケージに「めちゃくちゃおしゃれですね！」「あーかわいい！」とチャットで書き込む参加者たち。気の利いたことを言おうと気負わずに、素直にその時々で思ったことを書いていいみたいです。シャンゼリゼ通りは人がまばらで、パリといえばカフェですが、お店もクローズしている様子。それでもPAULとかロクシタンとか、知っている店が映り込むだけで高揚します。なんとパリのロクシタンではピエール・エルメのマカロンが売られていて、Oさんは購入し、店外で試食。カメラに向かって見せつける感じでマカロンを映し、口に入れました。「高貴な味ですね」と、食レポ。チャットで「お高いですか？」と聞いたら、「4つ入りの缶で12ユーロ、約1500円です」とのことでした。この双方向性がライブツアーの楽しさです。アップルストアを通り過ぎ、その先に見えるのは工事中の瀟洒《しょうしゃ》なルイ・ヴィトンの建物。暴動が起きて破損した部分を修復中だそうです。コンコルド広場に向かって歩いて行ったところでパリの中継は終わり、次の都市、ワルシャワへワープ。

ワルシャワ支店のSさんはカジュアルな雰囲気の男性。旧市街の広場にはお城感のある素敵な建物が並んでいます。チャット欄には「ポーランドへ行ったとき、ポーランドの人たちがすごく優しかったです」と行ったことがある人がすかさず書き込んでいて、さり気ないマウント感が。ポーランドに関して知識がないので肩身が狭いです。気になったのは、広場にたたずむ人魚像。かつて悪徳商人に見世物小屋に売り飛ばされそうになったところ、漁師に助けられた人魚の伝説に由来しているそうです。いつかワルシャワが危機に襲われたら助けると約束した人魚。半人半魚で、病が流行ったら私の姿を写して人々に見せるように、と言った「アマビエ」と似ているような……。人魚とアマビエの共通性について思いを馳せました。続いて、Sさんはポーランドで「心のスイーツ」と呼ばれている、甘いドーナツ的な「ポンチキ」というお菓子を試食。「外側の砂糖がすごい。揚げてあるのでサクっとしていて、中は甘酸っぱくてロの中がお花畑です」と、食レポがなかなかうまかったですが、参加者は眺めているだけという……。かわりに糖質とカロリーを摂取してくれてありがとうございます。街中に残る第二次世界大戦の爪痕などを見てシリアスな気持ちになったあと、続いての都市へ。

約15分刻みでめまぐるしく国を移動できるのはオンラインだからこそ。次は憧れの永世中立国、スイスのチューリッヒです。『愛の不時着』のロケ地としても有名です。ワルシャワは茶色い建物が多かったですが、チューリッヒは白とか黄色とか明るい色のおしゃれな建物が並んでいます。女性スタッフのHさんが案内。通りのところどころに噴水があるのですが、驚いたのはその噴水の水盤に大量のバラの花が入っていたこと。まるで天国のような美しさでした。物価が高くて高所得者が住むスイス、豊かさが満ちあふれています。スイスの銀行の地下には世界一の金塊が収められているとか。その金運のパワーが画面からも伝わってきます。マスクをしていない人も結構いましたが、多幸感が漂っていました。

続いて、ドイツのフランクフルトからの中継が。男性スタッフNさんが案内します。ゴージャスな建物が並んでいる街をしばらく歩き、ぬいぐるみのシュタイフの店（クローズ中）などを通り過ぎると、ドイツといえばのソーセージが売られていました。

購入するとパンに挟んでホットドッグにしてくれるそうです。試食したNさんは「すごくおいしいです」と簡潔なコメント。約500円だそうです。夜遅くにこんな動画を流して、いわゆる飯テロというやつでしょうか……。

続いてスペインのバルセロナへ。もう5カ国目で見ているだけとはいえ、ちょっと疲れを感じてきました。バルセロナ支店のKさんが、有名なサグラダ・ファミリアを紹介してくれます。年間400万人も訪れる観光地ですが、今はクローズ中で、入場料が得られず工事も停滞してしまっているとか。良いニュースとしては、外尾悦郎《そとおえつろう》氏という日本人彫刻家がサグラダ・ファミリアの芸術工房監督として活躍されている、という話を聞き、日本人として誇らしいです。

その後、生ハムと生ビールを試食したKさん。「皆さんの代わりに……」と、薄く切られた生ハムを口に入れ「めちゃくちゃおいしいです！」と、またシンプルな感想を語ってくれました。現地スタッフの食べている姿に感情移入させていただくオンラインツアー。人の幸せは自分の幸せ、と思える境地に導かれます。

オンラインツアーの楽しさにハマり、すぐに予約したのがアマゾン川のピンクイルカと出会えるツアー。こちらも2800円くらいで、はるか彼方《かなた》の1万7000キロ以上離れたアマゾン川にトリップできます。イルカ好きとしては見逃せません。ただ、ブラジルはコロナ感染者数がかなり多い国で心配ですが、現地のスタッフTさんやナビゲーター役の学者の先生はお元気そうで良かったです。

最初に、ピンクイルカ（アマゾンカワイルカ）の説明がありました。アマゾン川流域では畏怖の対象で、時々人間に化けて祭りに現れ、若い女子をさらおうとすることも。「どんなに素敵な若者に誘われても魚の匂いがしたら、急いで逃げなくてはいけませんよ」と現地では言い伝えられているそうです（私だったら逃げられる自信がありません）。また、アマゾン川支流のネグロ川周辺に住むピンクイルカの身体的特徴としては、クチバシが長くて、首が自在に曲がる、胸びれを器用に動かし後ろにも進めるという利点があるそうで、通常のイルカよりも進化している印象です。そんな説明を聞いているうちに、ガイドさんの乗った車は川岸の建物に到着。モデムの調子が悪く、映像解像度が低い感じだったのですが、途中で調整してはっきり見えるようになりました。プチトラブルでライブ感を得られます。気になったのはZoomに表示されるツアーの参加者数の少なさで、元が取れているのか心配になりましたが、きっと参加者全員を表示しない設定にしているのだと思うことにしました。

何人見てようが画面の向こうのピンクイルカには関係なく、スタッフの男性2人が川に浸かって餌で水面を叩《たた》いたりしていたら「今そこに来ています」と、ついに登場。水面からピンク色のクチバシがのぞいて上下していました。「若いのでプリプリしてますね」とスタッフ。8歳くらいのピンクイルカだそうで、無邪気な感じで上下したり回転したりして活発です。おいしそうに魚を食べていました。途中、女性スタッフがスマホを防水の状態で水中に入れて、川の中のピンクイルカの姿を中継してくれました。濁った川にぼんやりとピンクの生き物が浮かび上がります。いろいろな角度からかわいいピンクイルカを眺めることができました。今までのツアーでピンクイルカが現れなかったことが一度あり、ただクチバシが一瞬見え隠れしただけだったそうです。そう聞くと今回はサービス精神旺盛な若いイルカが来てくれてラッキーでした。オンラインツアーはリアル旅行と同じで運次第です。ヨーロッパツアーもイルカツアーも天候に恵まれ、ツアーを満喫できた感があります。

旅の記憶は時間の経過とともに混ざったり、時期がわからなくなったり、思い出が薄れていったりするもの。今回はオンラインツアーでしたが、きっと数十年後、老後に思い返した時には記憶が現実と混ざって、実際にヨーロッパやブラジルに行った、ということになっている気がします。将来的に良い冥土の土産《みやげ》になりました。

2021年6月号

その後

最近はオンラインツアーに参加する機会も減っていたのですが、旅行会社のサイトを見ると、今も、コスタリカのウミガメの産卵を見るツアーやアイスランドの旅など、興味深いツアーが並んでいました。円安になってまた海外に行きづらくなってしまったので、まだ需要はありそうです。

GWはがまんウィーク

休業しているアパレルショップをガラスごしに眺め……
飲酒してそうな半グレ系の人々を遠巻きにチェック
水族館の代わりにドン・キホーテの水槽を観賞
がまんのウィークはお金と体力の節約になります
今までGWは同調圧力で出かけていたのかもしれません

「このままいくと全然楽しくないゴールデンウィークが待っていることになる」と、小池都知事が呪いをかけた2021年のGW。神奈川県の黒岩知事も言っていましたが2年連続「がまんのウィーク」になりそうです。

ちなみに2020年のGWも外出自粛していました。1年前は何をしていたかというと、カテキンの抗ウイルス作用について調べてマスクを緑茶に浸したら見た目がカビっぽくなったり、遠出できないので地図を眺めて「シダンゴ山」という珍しい名前の山を見つけて思いを馳せたり、リアルで人と会えない代わりに夢の中で友人知人と会ったりしていました。かなりまじめにステイホームしていたようです。

2021年はきっと新型コロナも落ち着いて、熱海の温泉や御殿場プレミアム・アウトレットあたりに行けると淡い期待を抱いていたのですが……。緊急事態宣言が発出されてしまいました。都知事に「ステイホームで、人と人との接触を減らす、人流を減らすという所をご協力いただきたい」と念を押され、「1都3県には遊びにこないで」という首都圏4知事の訴えもあったので、あまり人と会わず、都内で過ごしておりました。

後日、GW中、普通に遠方に旅行していたという友人知人の話を聞き、少しもやもやしましたが……。そして江の島や箱根や熱海、高尾山はかなり多くの行楽客でごった返していたようです。人流のうねりに呑《の》み込まれて観光したいという欲求を抑え、家と都内で過ごした日常をご報告いたします。

4月25日

東京で緊急事態措置が始まった日、銀座の街を歩いたらデパートが休業していました。1年前と違うのは、デパ地下など部分的に営業している店舗が多いということでしょうか。ユニクロやZARA、COS、バーバリー、カルティエなどオープンしている路面店も散見されましたが、街自体の人流は少なめでした。

4月28日

がまんのウィークをアップグレードして、この日から「月曜断食」をスタート。1週間のうち1日目は断食して、水のみという過酷なプログラムです（2日目からは炭水化物を抜いて野菜中心に少量摂取）。夕方、仕事の打ち合わせがあったのですがたびたび空腹感に襲われました。夜、寝ていたら食べ物の代わりに体中の脂肪を燃焼しているのか、全身が熱くなりました。がまんのウィークの幕開けです。

4月29日

1日絶食した翌朝、口の中に少し固形物が入っただけで口腔《こうこう》内に痛みが広がるという謎の症状に襲われました。検索しても同様の症状に悩んでいる人は見当たらず……。素人がいきなり絶食は危険だったかもしれません。
　友人の家での少人数のホムパへ。中学から慶應といぅエリートなメンズ3名が繰り広げる軽妙なトーク。「俺たち坊ちゃんだから気が合う」とか語っていてまぶしいです。他は若い美女2人で、だんだんアウェイ感が……。皆さん共通のClubhouseのルームの話題で盛り上がっていて、ついていけない私の反応を見て、一瞬、間が生まれ、そのあと笑いが起こるという流れができていました。「さっきから30分話してないですよね」「全然まばたきしないっすね」と、いじられ、久しぶりに人と会うと社交能力が落ちていてうまく返せません。力不足を痛感しながら、お先に失礼したら外は土砂降りでした……。

5月1日
　かなりのパワースポットだと聞いていた、人形町の小網神社へ。第二次世界大戦の時、小網神社に参拝してから出兵した兵士は全員無事だったとか、東京大空襲でも焼けずに残ったとか言い伝えられている、強力な厄除《やくよけ》開運神社です。
　ステイホーム中、缶詰が爆発するというプチ災難があったので、参拝したのです。ちなみに10年もののパイナップルとマンゴーの缶詰で、十数年前インフルエンザになった時に知人が送ってくれたものをそのまま放置していました。パイナップルの缶詰は棚の中で爆発し、黒ずんだパイナップルが飛び散っていました。マンゴーの方は缶が膨らんでいたので触ったら、「ボンッ!!」と音を立てて爆発し、一瞬指が危険でした。飛び散ったパイナップルとマンゴーを処理。ちなみに棚の中にあった、他のカップラーメンなどもほとんどが賞味期限切れだったので処分しました。がまんのウィーク感が高まります。

気分転換に訪れた人形町の神社。今まで何度か参拝したことがありますが、裏通りにひっそり佇む小網神社は、拝殿の作りなど小さいながらも風格を漂わせていて、神気を放っています。休日は大体行列ができていて、この日も人流が絶えません。本殿にお参りし、東京銭洗い弁天様のコーナーで100円玉を洗いました。すると他の女性参拝客が次々と1万円札を洗っていて、触発され、今度は銀行のキャッシュカードを直接洗ってみました。その恩恵かわかりませんが、歩いて近くのたいめいけんに行ったところ、仮店舗オープン直後でラーメン券などいただきました。遠出してパワースポットに行くのも良いですが、都内にもまだまだ霊験あらたかな神社はたくさんあります。県境を越えて移動できない時は、そんな宿題神社に参拝するのもおすすめです。

5月2日
前日に続いて都内の参拝スポットの浅草寺へ。仲見世は多くの店が閉まっていることもあり、結構空いていました。仲見世の人形焼の店が「緊急事態宣言　半額サービス　5個200円」を打ち出していました。なぜ緊急事態で半額になるのか不明です……。励ましの意味があるのでしょうか。さらに謎だったのが、仲見世で外国人の女性5人が着物を着て撮影していたこと。タイなど東南アジア系の方々のようでした。今、海外からは渡航しにくい状況ですが彼女たちはどうして東京観光できるのか……もしかしたら日本在住の方なのでしょうか。「YOUは何しに日本へ……?」と聞きたかったですが勇気がなくて声をかけられませんでした。
参拝後、歩いていたら路上にファンシーな着物姿の地下アイドル風の女性が10人弱たむろして、オタらしき男性たちとマンツーマンで談笑しているシーンに遭遇。オタの男性はマスクをしていますがアイドルの中にはノーマスクで笑顔を振りまいている女子も。距離も1m以内と結構近いです。コロナ禍のアイドルは大変です……。
浅草では、歴史あるストリップ劇場ロック座も普通に営業しているのを確認。「30歳以下の方、全員4000円でご入場出来ます。」という張り紙が貼られ（当時一般6000円、女性は4000円）、「祝御出演」の花が大量に飾られていました。14時からの回に始まり、20時30分からの回まで1日4回転です。ロック座の換気やアクリル板がどうなっているのか気になります。すぐ近くの浅草演芸ホールは休業しているのが寂しいです。テイクアウトの唐揚げ店に行列ができていました。揚げ物は少しテンションを上げてくれる食べ物です。

浅草の昼間から酒を提供しているエリアのお店の前を通りかかったら、戦闘的な筋肉のつき方をしたイカついメンズ4、5人が飲食していました。スカル柄の黒いパーカーを着用していたり坊主頭だったりで、かなりの威圧感が。鋭い眼光で周囲を威嚇しています。出されている黄色い飲み物は見た感じお酒っぽいような……。でも誰も注意できない緊張感です。

浅草のドン・キホーテの前に来ると、水槽のウツボからの視線を感じました。そういえばGW中行きたくても行けなかった場所の一つが2020年にオープンした「カワスイ 川崎水族館」です。「1都3県には遊びにこないで」という首都圏4知事の言葉を守って断念。その代わりにドン・キホーテの水槽をしばらく観賞いたしました。ウツボ（ニセゴイシウツボ）以外にもフレームエンゼルフィッシュやアケボノチョウチョウウオ、ホンソメワケベラ、タテジマキンチャクダイなど珍しい魚が泳ぐ水槽も。ウツボの動きはダイナミックで、よく見たら2匹いて、絡み合ったりしていました。苦手だったウツボがだんだんかわいく思えてきたのは、限られた娯楽のポジティブな効果かもしれません。これで水族館欲の1割くらいは満たされました。

5月4日
タイのBL好きで話が合う友人の家でホムパ。録画していたタイのドラマの聖地巡礼番組を観ながら、新型コロナが終息したらぜひタイに行きたいという話で盛り上がりました。しかしオンラインツアーや、番組での疑似体験のラクさにすっかり慣れてしまったので、リアル海外旅行の体力が残っているかわかりません……。
夕方すぎにホムパから退出し、デパ地下が開いているうちに食材を買いに行きました。渋谷ヒカリエに行ったら目を疑うような光景が……。デパ地下だけでなく2階のファッション雑貨を扱うフロアが開いていたのです。緊急事態宣言中ずっとあきらめていたアパレルの光が。すぐにそのフロアに行き、ポップアップショップで目に付いたアクセサリーを購入。キャサリン妃御用達《ごようたし》にしてはリーズナブルな1万円前後の天然石のアクセサリーです。「今の時期、お店が開いているだけでも嬉しいです!」と店員さんに興奮気味に語ってしまいました。服を買わない日々に、行き場のない物欲が自分の中で蠢《うごめ》いていたのですが、少し浄化できたようです。

5月8日
六本木のギャラリーのあと、六本木ヒルズに行ったら、物販系はほとんど閉まっている上、食事もテイクアウトとデリバリーのみという状況でした。外のフリースペースで、テイクアウトした物を食べている人が多いです。パソコンを広げてワーケーションしている様子の人も多数。屋外なので換気的には安全です。小学生男子グループが参考書を広げて勉強をしていて「それな！」という叫びに若さをわけてもらいました。しかしお店もやってないし六本木ヒルズに来ても時間を持て余すばかりで、帰宅したらまだ18時でした。

こんな風にがまんのウィークは粛々と過ぎていきました。デパートだけでなく、美術館、公園、スパなども閉まっていて、ダラダラと仕事していると全く休んだ気がしません。微妙な疲労感が残ります。ただ、ほとんど物を買わなかったことで、家にあふれかえっている服や使用期限切れのコスメ、アロマなどを処分しなければ、という思いがわいてきました。ただ買って増やすだけの生活から、いったん立ち止まって不用なものを整理することができたのは良かったです。何年か後に振り返ったら、貴重な体験になっていることでしょう……。と言いながら、緊急事態宣言が解除されたら煩悩がリバウンドする予感しかしません。

2021年7月号

その後

２０２３年のＧＷも地味に過ごしていて、ほとんど東京都内にいました。ユニクロのチラシをもらってきてじっと眺めるのが、ちょっとした癒しのひとときでした。また、行きたかった海外の国名と物価で検索。「ハワイ　物価」などで調べ、１週間で１００万円かかった、という話などを見て、１００万円浮いたと思って、後ろ向きな喜びに浸りました。

田んぼヒーリング

土にズブズブ埋まる感覚が想像以上
に気持ち良かった田植え作業

地球と一体化する願望が芽生えました
大人なのでどんなにドロドロに
なっても誰も怒る人はいません

館山《たてやま》市に奇跡の田んぼがある……そんな話を仕事で知り合った素敵な女性から伺い、いつか行ってみたいと思っていました。日本人として一度は経験したい田植え作業。自然との共生生活にも憧れていました。すると、ちょうど5月は田植えの時期なので、田植え体験に参加しないかという願ってもないお誘いが……。都会からディスタンスをとった房総半島で、自然に包まれたいです。

田んぼは房総半島の館山市にあり、お誘いくださった青木さんご夫婦が8年間、昔ながらの農法で田作りをしているそうです。大きさは七畝《せ》で、その単位をはじめて聞いたのですが、調べると700平米ほどで、大きすぎずちょうど良い面積のようです。どのような格好で行けば良いか聞くと、田植えは泥だらけになるので捨ててもいい格好で足元は地下足袋《じかたび》か、なければ厚手の靴下に靴（おすすめはダイビング用シューズ）。他にあったらいいものは、帽子、サングラス、タオル、水、ガーデニング用の手袋など。地下足袋を都内の商業施設で探したのですが見つからず……全身捨ててもいい格好で臨むことにしました。他は家族連ればかりなのでアウェイ感を覚えそうですが、きっと千葉の大自然が包み込んでくれます。

当日、朝5時半に起床し、7時20分の東京駅発のバスに乗って房総半島へ。現地のバス停に到着するのは10時すぎの予定です。家を出てから4時間弱……新幹線だと下手したら大阪あたりまで行ってますが、千葉県、とくに房総半島の広大さを実感しながらバスに揺られました。長距離バス、房総なのはな3号はありがたいことに電源とトイレがありました。この二つがあれば、何時間でもどこまでも行けます。窓から海を眺めながらプチ旅行気分に浸りました。市街地に近付くと、ユニクロやカインズ、資材館などの大型店舗やパチンコ店が並ぶエリアに。牧歌的な田園と真逆の光景で、少し心配になってきます。館山市でバスを乗り換えて、さらに房総半島の先に進むと、また自然豊かな景色になってきましたが、前の席の乗客のおじさんは地元の方なのか景色に興味を示さず、延々とポケモンをやっていました。バスの速度がちょうど良いんですよね、わかります。

しばらくバスに揺られて、田んぼの最寄りの停留所に到着。霊験が漂う神社が近くにあり、鬱蒼とした木々に早くもパワースポットの空気を感じます。迎えにきてくださった青木さんが、境内の木にブラックベリーが実っていると言って、摘んだ実を手渡してくれました。控えめな甘さと酸味のハーモニーが、バス旅の疲れを癒してくれます。このあたりは気候が良いので自然に山野に実った果物や山菜を収穫して生きていけそうです。

「ここは海と山と里に恵まれた、素晴らしい場所なんです」と、青木さん。埼玉育ちの私も、千葉の素晴らしさを認めざるを得ない展開です。ちょっと気になるのが、家の庭先で談笑している地元の方々が、よそから来た雰囲気の私をチラッと見て何か会話していること。土地の人の連帯感の強さを感じ、お邪魔します、という気持ちになりました。

田植えの拠点は、古い学校の寮だったところです。今日は田植え2日目とのことで、家族連れが数組集まっていました。参加費を払ったあと、全員で部屋に集まって簡単な自己紹介から……。前日から田植えをした方の「よく動き、よく食べ、よく寝ました」「田んぼの土に入ったらはじめての感触に感動しました」「田んぼのねばねば感がたまらなかった。すごい気持ちよかったです」といった感想を聞くと、田んぼヒーリングへの期待が高まります。「ここは奇跡の場所です」という声も。はじめての田植えがそのような場所でできて嬉しいです。

田植えを主宰しているご夫婦の一人、青木さんの旦那さんからのお話もありました。「最初はわからないことだらけかもしれませんが、田植えの作業をしているうちに自然と、瑞穂《みずほ》の国の民のDNAが発動して、動きもスムーズになっていました。だから安心して参加してください。田んぼでは足の裏からパワーを吸収できます。どっぷり入ってアーシング（大地とつながってエネルギーを吸収すること）して地球とつながってください」

スピリチュアル好きとして、この田んぼに引き寄せられたことに運命を感じます。歩いてすぐの田んぼへ移動。大きめのプールくらいの田んぼで、大きな泥の沼というか水たまりのようでした。

参加者全員で集まって輪になって手を繋《つな》ぎ「今日一日安全で楽しい時間を過ごします」などと声に出してアファメーション（ポジティブな宣言）。スピ田植えの雰囲気に胸の波動が高まります。

「1本の苗の、自分の力で生きる力を引き出すため、2本ずつ植えます（通常は3～4本ずつだそうです）。生長しやすい方向にのびのびとした苗になるでしょう」と、青木さんの旦那さん。

膝下くらいから泥に浸かるそうで、足を取られないように要注意とのこと。靴が泥に引っ張られたら、かかとからググッと抜くと良いそう。植える時は、腰を曲げるのではなく、太ももの力でスクワットするように体を下げると腰に負担がかかりにくいようです。植えた苗を踏まないよう、他の人の足跡をたどるように歩くと良いなど、コツを伝授していただきました。

そしてついに田んぼに入る時がやってきました。途中まで靴をはいていたのですが、靴だと足を取られやすいとのことで、他の参加者は直前で靴を脱ぎ、裸足や靴下になっていました。勇気を出して私も靴下一枚になり、田んぼに足を踏み入れました。ズブズブという感触とともに沈み、膝下まで浸かるとヌルヌルした泥に包まれました。それが意外と気持ち良くて、地球に埋まって一体化したようです。また、粘土質の良質な泥なのでタラソテラピー的な効果も期待したいです。もしかしたらジャンボタニシとか土の中にいるかもしれませんが、地球との一体感でもはや気になりません。

作業の手順としては、30センチくらいのピッチで田んぼの両脇から何本か糸を張り、その糸を動かしつつ、横一列になるように苗を植えていきます。周りの作業状況をよく見てタイミングを合わせ、手早く空いている所に苗を植え付けていきます。気付いたら無心になって、作業もスピードアップしていました。先祖のDNAが覚醒したのでしょうか……。

「苗に語りかけるといいですよ」とのことで、私も「おいしいお米になってね」などと小声で語りかけたり……。周りの人の進行度に合わせて手早く作業していたら、スクワットの要領で腰を落とす余裕がなく、普通に腰を曲げて植えていました。「瑞穂の国の民のDNAが発動してるよ！」と青木さんの旦那さんの励ましの声が響きます。

午前の作業時間はあっという間に終わり、田んぼから出るのが名残惜しいです。ただ、靴下はドロドロで、パンツもシャツも泥まみれです。これをどうするかと思ったら、ため池から田んぼへ水が流れる水路でまず泥を落とし、その後近くの海に入って洗うことをすすめられました。土で癒され、海にも入れてかなり浄化されそうです。

水路でつい人より上流で洗おうとした自分のエゴを反省……。実際にドロドロの靴下を洗ったのですが、泥は落としにくいことを実感し、もともと捨てていい服だったのでそのまま捨てることに。田植えによって断捨離も進みます。メモ帳を田んぼに落としてドロドロになったのはショックでしたが……。

田植えのあとの休憩時間に、近くのため池を見に行きました。広葉樹の木々が自生する山の中に、集落の田んぼに水を引くために作られた池があり、山に囲まれた美しい光景が広がっています。途中、マルベリーがなっているのをとって食べたり、タケノコを引き抜いたりしてハイキング気分です。青木さんの旦那さんいわく、このあたりは土も粘土質で良質だし、水源にも恵まれ、海からの風に微生物が含まれているのも田んぼにとって良い効果があるとか。ため池の水にも、落ち葉や微生物からのミネラルがとけ込んでいるそうです。田んぼは農薬を一切使っていないそうですが、海からのミネラルを含んだ風で稲は病気知らずだとのこと。収穫の時期、縁があったら実際に植えたお米を試食してみたいです。

瑞穂の国の民のＤＮＡを発動させて今回実感したのは、紀元前4世紀頃から続く稲作によって、日本人に刷り込まれた農耕民族としての性質やカルマです。「同調圧力」という言葉がありますが、共同作業が多い稲作では、基本、集団の和を乱すことは許されません。田んぼでの作業も、周りに合わせて同じ速度を保つ必要があります。好き勝手なところに稲を植えず、隣を見て等間隔に植えます。農耕民族は集団行動の民なんだ……と改めて体感。そして農耕社会においては、もしかしたら他と違う独自のライフスタイルの人間は、異分子として村八分にされてしまうかもしれません。私が古代の農耕社会に生きていたら、米もシェアしてもらえず飢え死にしていた気がしてなりません。家族というコミュニティとも子孫繁栄とも無縁に好き勝手に生きていたら、農耕社会では魔女とか山姥《やまんば》扱いされそうです。

農耕社会と生きづらさについて思いを巡らせていたら「私は自分でいたいだけ」という魂の願いが浮かんできました。現代になっても、日本人の性質的なものなのか、周りとの価値観を合わせていない人生を送っていると、非難の目を向けられてしまいます。生産性がない、とか言われたりして……。でも、そうやって周りに合わせていた先祖の中にも「自分自身でいたい」という叶わぬ思いを抱いたまま死んでいった人も少なくないのでは……。自分の魂の声だと思ったのは、DNAに刻まれた先祖の願いだったのかもしれません。子孫繁栄だけが先祖の希望ではなくて、「自分らしく生きること」でも、先祖の魂を昇華させることができるかもしれない、という気づきがありました。田植えで地球とつながったことで、魂の声が聞こえたという体験ができました。久しぶりのフィジカルな労働で無心で手を動かしていたのが良かったのでしょうか。ふだんのデスクワーク的な仕事がいかに雑念まみれだったかにも気付かされました。大地が浄化してくれました。

2021年8月号

夏至のオンラインデトックス

人の全顔が見えない今、世界のスピリチュアルセレブの方々の顔を拝ませていただけたのも貴重な機会でした
私たちは光の質を受け入れる必要があります
インカシャーマン末裔デルガド氏
魔女・シャーマン ビゲッティさん
インナートラベルをしましょう
外と内の自然のバランスを保ちましょう
ミディアム ゴードン・スミス氏
人相が良い方が多く、マスクで油断して人相が劣化しないようにしなければ…と自戒の念が芽生えました

毎年、神社の「大祓《おおはらえ》」の儀式に参列し、茅《ち》の輪をくぐったり祝詞《のりと》をあげて半年分のケガレを祓うのが習わしでした。でもここ最近は新型コロナウイルス感染症で儀式に参列できなくなってしまい……何か浄化の儀式で代わりになるものはないか探していたら、「世界のパワースポットからonlineで祈りを繋ぐ6月21日夏至世界セレモニーin the world」というスペクタクルなオンラインイベントを発見。夏の一大スピ見本市「癒しフェア」の会社の企画です。夏至の日、一日がかりで行われるもので、途中離席する時間があってもあとでアーカイブで見ることもできるようです。出演者は、アパッチ族のメディスンマンや、僧侶、シンギングボウル演奏者、インカシャーマンの末裔《まつえい》のヒーラーにデンマークの魔女、トップ霊媒師などで、世界各地から集結。来日イベントだったとしても、ここまではなかなか集まらなそうな豪華なメンツ。コロナ禍だからこそ実現できた企画かもしれないと期待が高まります。

参加費7000円を振り込みに銀行に行くと、なぜかATMのタッチパネルが指を感知しないというトラブルが。さらに振込先を確認しようとしたら今度はスマホの電源が落ちてしまいました。やはり聖なるイベントに参加しようとすると、私をとりまくケガレとか邪霊が邪魔をするのかもしれません。そして夏至の日を迎えたら、頭部のチャクラのあたりがずーんと重くなり、頭痛や吐き気、倦怠感に見舞われました。スピリチュアル系のサイトを調べたら、エネルギーの変わり目による影響や、好転反応という説が。聖なる動画で早く軽くなりたいです。

午前10時、アパッチ族のメディスンマンとして、ネイティブアメリカンの叡智を伝えているアイアン・イーグル・ジョー氏のセレモニーからスタート。ネイティブアメリカンのヒーロー、ジェロニモの直系のお方だそうです。不勉強ですみませんが、検索したらキン肉マンの超人ジェロニモしか出てきませんでした……。定刻になったのでZoomにつなぐと、映像は途切れがちでしたがドンドンドンという太鼓の音が聞こえ、焚《た》き火の炎が時々映し出されました。「世界の人々がハートでつながりますように」とか言いながら、火に何かくべているジョーさん。焚き火は、聖なる炎と言われても納得するような、輝度と明度の高いオレンジ色をしていました。インドの護摩焚き的な火の儀式「ヤギャ」で見た炎の放つエネルギーと近いような、神々しさを感じます。

画面から流れ出るジョーさんのソウルフルな声。「ウェ〜ヨ〜ミヨワウェナメ〜ア〜ウェ〜ウェ〜ウェ〜」と、ネイティブアメリカンの祝詞なのか、歌を詠唱しながら太鼓を叩いていて雰囲気が高まります。

「ウェオ〜ウェ〜ウェア〜エヤ〜ヤ〜」

こんな調子でひとしきり詠じたあと、参加者にお礼を言って終わりました。声と炎のパワーで浄化されたようです。映像が途切れがちなのがライブ感がありました。

一日ずっとZoomにつなげていたいところでしたが、ピラティスの体験取材があったので精神世界からフィジカル世界へ移動。超美人のピラティスの先生に、ゴムで脚を拘束され、負荷をかけられるわりとハードなエクササイズ、というかプレイをしてきました。その様子を撮ったら写真に写った自分の顔色が悪すぎました。早く夏至のセレモニーに参加しなければ、と急いで帰宅。

その間行われていたのは、男前の僧侶、薬師寺寛邦《やくしじかんほう》氏による「般若心経《はんにゃしんぎょう》」ライブ演奏でした。宇宙の映像を背景に、まずはオンライン説法がありました。

「全ての存在がいて、はじめて自分という存在がいる。般若心経を通してそのことを忘れないようにしたいです。つながりはこの世で一番大事なもの……」

こうしてオンラインで遠方の僧侶とつながれるIT技術もありがたいです。

般若心経のお経の声を重ねてアレンジした、おしゃれで霊妙な音楽が流れました。ハーモニーを聴いていたらだんだん気持ち良くなってきました。歌声だけでなく、摂生して規則正しい生活をしているお坊さんの整った人相も目の保養に。このところ、緊急事態宣言下でもなんとか飲酒したいという人たちが、郵便ポストとか駐車場の車止めを台にして、お酒の缶を置いて路上宴会する姿をよく見かけます。煩悩にまみれたおじさん方のゆるみきった人相とどうしても比べてしまいます……。

続いてもまたヒーリング系の音楽でした。サウンドセラピスト、チャンドラ・ハリ・カヤスタ氏がネパールからシンギングボウルを演奏。部屋中に大量のシンギングボウルが置かれていて、重いボウルを片手で持ちながら、ふちをこすったり叩いたりして奏でていきます。「ボワーーーン」「カーン」といった音に眠気が誘われます。「全宇宙に大きな感謝をしましょう」という大いなるメッセージがもたらされました。それぞれのチャクラにどういった音を響かせたら良いのか、チャンティング（詠唱）する時の音も教えていただきました。仙骨周辺にある第一チャクラは「サー」、丹田のあたりの第二チャクラは「ウェー」、みぞおち周辺の第三チャクラは「ガー」、第四のハートチャクラは「マー」、第五の喉のチャクラは「バー」、第六の眉間《みけん》のチャクラは「ダー」、第七の頭頂チャクラは「ニー」だそうです。聞いたはしから忘れそうですが、夏至ならではの有益な情報を教えていただけました。

18時からは、インカシャーマンの末裔、ホルヘ・ルイス・デルガド氏によるセミナーでした。「マチュピチュの聖なる山を発振器として、神聖なエネルギーをお届けします」と説明文にあったので楽しみにしていました。この日のメインイベントっぽいです。この方も人徳があふれた人相でした。オンラインイベントの良いところは、実際のセミナーだと遠くであまり顔が見えないのが、画面ごしに間近でご尊顔を拝見できる、というところです。デルガドさんの背後には、静止画像で聖なる山が映し出されていました。マチュピチュ周辺で最も神聖な山、アパスだそうです。

「Happy New Year. インカの新年をお祝いします」と、夏至の新しい始まりを祝福したデルガドさん。「今日私たちは光の存在であるということを思い出しましょう」「世界中の皆さんが新しい周期に目覚めているところです。これは新しい時代の最初の一年になります」とのことで、最近よく時代の変わり目と言われていますが、取り残されないようにしたいです。

デルガドさんの言葉は深遠で時に詩的で、高次元からのメッセージのよう。

「私たちは真夜中にいてまだ十分には睡眠が足りていない状態です。十分に水を飲んでいない。母なる大地の水を飲んでいない。水を飲んで、私たちはマインドの中だけでなくハートの中で起きていることを見る必要があります」

「私たちは母なる大地と新しい関係を築いていきます。このようにふたたびつながることで私たちは自分の本質に戻っていきます。内面の太陽を活性化させるということを覚えておきましょう。内面の光、本質とつながるのです。父なる太陽とつながることで、抵抗が抜け、花が咲き、分かち合っていくことになります。私たちはハミングバード。自分の内面のハチドリと一緒に光を分かち合うことになります。私たちは自分たちの美しさを受け入れます。私たちは一つです。私たちは一緒です。そこに気付きましょう……」

意味はすぐにはわからないながらも、胸が熱くなってきて、気付いたら朝からの頭痛が抜けつつありました。多次元的な聖なる山、アパスの写真を眺めていた効果もありそうです。

「最も大事なプロセスは重苦しいエネルギーを手放すこと」と、デルガドさん。「そのエネルギーを私たちはプチャと呼んでいます。過去から来ているエネルギーは手放します。愛から来ていないエネルギー、それはすべて恐れから来ているエネルギーです」

なんとなく「プチャ」を手放せそうな気がします。

デルガドさんは、自分の中の光に気付き、魂を輝かせるために、太陽からエネルギーを吸収する方法も教えてくださいました。父なる太陽の許可をもらい、感謝して、目を閉じ口を開いて太陽の光を取り込む、というような方法でした。

「口から吸い込み7秒ホールドします。吐く息とともに内面の太陽の光を出します」太陽とのつながりを強め、愛のエネルギーを分かち合うことで「通常以上の仕事や人生に恵まれます」だそうで、「通常以上の人生」、ぜひ送りたいところです。

夜はデンマークの魔女でシャーマンの、ビゲッティさんによる誘導瞑想《めいそう》。わりとささやき声でミステリアスな女性でした。黒い帽子に黒い服が似合いすぎです。ご自身がおっしゃるには「ホワイトマジックウィッチ」、白魔女だそうですが……。誘導瞑想が始まり、目を閉じて動物が見えたら、語りかけるように言われました。

人生を助けてくれる存在だそうです。なんとなくシロフクロウが見えた気がしました。

「触れてみましょう」と誘導するビゲッティさん。イメージの中で、フワフワしたシロフクロウは首を回転させました。

「何か伝えたいことがあるか聞いてみてください」

半分妄想かもしれませんが、シロフクロウからはこんなメッセージが断片的に届いたような……。

「叡智は外側だけでなく内側からもやって来るよ」

「昨日の真実は今日の真実とは限らない。時代は刻一刻変わっていく」

「人生は有限でもあり無限でもある」

何かいいことを言っているようで何も言っていないような……。ちょっと自分の潜在意識の限界を感じます。さらにビゲッティさん、見えた動物になってみたり、見せたいものを聞いてみたり、必要なら食べ物やハグをあげるように誘導。

シロフクロウは滝のような水場を見せてくれたので、自然に触れてマイナスイオンを吸収した方が良いというメッセージでしょうか。お礼に黒スグリの実をあげたのですが、ネズミの方が良かったかもしれません。

「それらの存在があなたの中に入ってくれるか、入り込んできたらあなたの体のどこにあるのか感じてみましょう」

　みぞおちのあたりに、シロフクロウがスーッと小さくなって入ってきた感がありました。

「どうすればコンタクトできますか？」という質問には「外界を見た時にメッセージが来る」、続いて「どうしたらその存在を助けることができるか」という質問には「水をたくさん飲む。感謝する」とのことでした。

　この日以来、不思議と水を飲みまくっている上、シロフクロウがプリントされたエコバッグを見つけて即買い。魔女によって不思議な世界の扉が開いたようです。あとでシロフクロウのスピリチュアルな意味を調べたら、その中の一つに「金運」があったので期待が高まりました。ただ、あとでふと思ったのは、魔女→魔法→『ハリー・ポッター』→シロフクロウという凡庸な連想だったのかもしれません……。自分のスピ感度への信頼性がゆらいできました。

　最後は、世界のトップミディアム（霊媒師）でスコットランド出身のゴードン・スミス氏のレクチャー。夏至を祝う言葉から始まりました。

「私の国、スコットランドでは、夏至を迎える前から自然の中でご来光を待ち、太陽の神に捧《ささ》げものをしていきます。太陽からガイダンスを受け取っていきながら、人生がポジティブな変化を迎えるよう、太陽の神様にお願いをします」

世界各国で太陽は神格化され崇《あが》められているようです。天照大神《あまてらすおおみかみ》がいらっしゃる日本では、崇敬の意識が薄れていっているような……。むしろ紫外線の害や夏の暑さなど不平不満ばかり太陽にぶつけている気がして反省。

「夏はあらゆるものが力強くなって光に癒される時期です。外に行って光を取り入れていくべき日でもあるんです」「自然の中にいて自然界とつながっていくべきです。少しでも良いので自然に触れてください。自然と一つになることができたら、自分と一つになることができるんです」と、スミスさん。

霊媒師という肩書きから、怪談まではいかないですが霊の話を期待してしまっていましたが、まっとうで普遍的な教えでした。その後、誘導瞑想が始まり、光のエネルギーによって癒されるイメージに導かれました。

「世界でできること、達成したいことが、光り輝くマインドの中で、もたらされる変化を見ていきましょう」とのことで、増刷のイメージや本屋の風景を全力で念じたのですが、あまり手応えがなく……。でも「あなたの中に光があるという思いをもってください。光はあなたであなたは光だからです」と、スミスさんが笑顔で語ったポジティブな言葉に励まされました。

こうして一日を通してオンライン儀式を受けて、世界各地からパワフルなエネルギーを受信し、自分の中でまだ整理しきれていない感がありますが、夏至の体調不良から復活し、太陽エネルギーで元気になれました。この後の猛暑も、太陽への感謝と敬意で乗り切れる気がします。

2021年9月号

わびさびアートで
セルフヒーリング

「盆石」も「枯山水」も作ってみたら自分の内側を外界に投影している感覚でした
波が乱れて陸地が荒れている……
もしかしたら地球上の人間たちの不安や心の乱れが外界に影響して異常気象を引き起こしているのかもしれず…心を穏やかに保ちたいです

東京の新型コロナウイルスの感染状況が日に日に厳しくなっていく今、心の平安を保つために何かをしたい、と思っていて、ある時ふとバラエティー番組で目に留まったのが、白い砂や小石でお盆に絵を描く、という伝統芸術。「世界！ニッポン行きたい人応援団」というテレビ東京の番組で、外国人男性が「細川流盆石」の魅力にハマる姿が特集されていました。黒塗りのお盆の上に白い砂と小石で自然の風景を描き、そのあとは全ての砂と石を取り去ってしまうという、諸行無常の芸術です。チベットの砂曼荼羅《すなまんだら》にも通じるものを感じて心が惹《ひ》かれました。ちょうど池袋コミュニティ・カレッジでその講座を見つけたので申し込んでみました。1回の一般体験受講料は3300円です。

そして迎えた当日。お昼過ぎからの講座だったため、たしかコミュニティ・カレッジの同じフロアにカフェがあったので、そこでランチしてから参加しようと思っていたら、ほぼ満席で料理が出るまで30分はかかると言われ……しかたないので近くのコンビニでポテチを購入しロビーで食べました。老齢の女性2人が「うちの夫は92歳まで生きたのよ。一病息災ね」「うちの夫は80歳」「早いわね、それは」と夫の寿命マウンティングをしているのを聞きながら、ひとりポテチを食べる私……。伝統芸術の講座を受けるのに、風流から遠ざかってしまったようです。

時間が来たので教室へ。今回体験参加者は3人ほどいて、講師の先生に「テレビ番組を見ていらした方ですね」と、言い当てられました。マスクでも美人オーラが感じられる若い女性の先生です。今回は盆石の道具の使い方を教わりながら、実際に「陸《む》奥《っ》浮島の景」を表現します。千数百年前に始まったと言われる盆石。道具や素材に日本人のきめ細かい性格が表れているようでした。砂は、ちょっと大きめの小石の「あられ」と、一号から八号まで、粒のサイズによって分類されます。目の粗さが違う篩《ふるい》で0コンマミリ単位で砂を細かく仕分けるようです。他にも、砂を集める「砂とり」、砂をすくう「丸匙《さじ》」、細かい砂をお盆にまくための「丸篩」、そして砂に濃淡をつけて絵を描く「羽根」といった道具を使います。白鳥の羽根も使うのですが、今では入手困難だとか……。白い砂や羽根といった波動が高そうな道具で、浄化されそうです。今回は道具は貸し出してもらえますが、もし入門したら数万円で道具一式を購入する流れになるとのこと。昔は和服で正座で行われていたようで、今はテーブルの前に座ってラクな姿勢でたしなめてよかったです。

まず、お盆に石を置きます。景色の主体になる石を「主石」、主石を引き立てる石を「副石」もしくは「添え石」、その他の小石は「あしらい石」と呼ぶそうで、厳密に石のヒエラルキーが決まっています。黒っぽい石が各テーブルに配られていて、実は私物のパワーストーンも入れたいと思って持ってきていたのですが、とても出せる雰囲気ではありませんでした……。主石、副石、あしらい石などの石をお盆に設置したあとは、「根じめ」といって石たちの周りに、少し大きめの砂をまきます。「あられ」や、小石はお箸や匙を使って置いていきます。そのあと、より細かい砂で海岸線や波を描いたりするのですが、私はまちがって一番細かい砂をまき散らかしてしまい、種類の違う砂が交ざってさっそく盆の上が収拾つかない感じに。そういえば幼稚園の頃からこうやって失敗ばかりしていたことを思い出し、幼児退行しそうです。別の砂をまいてごまかしつつ、羽根で海岸線や波を描いていきます。羽根は繊細なので、お盆に押し付けず、軽いタッチでスッと撫《な》でていきます。「盆石」の講師やスタッフの方々は皆さん優しくて、つたない線も「形きれいです」「素敵です」とほめてくださいます。波を描くための「波羽根」を手に持ち、遠近感が出るように遠くの波は小さく薄く描いていきます。「盆石」の良さは、パソコンやタブレットで絵を描いて失敗したらコマンドZで取り消せるように、失敗した部分は「砂とり」で取ってやり直せること。「何回もおやりになるといいですよ」とスタッフの女性に助言され、波は2回ほどデリート。

講師の先生に「力んでしまわれたのか、波が上がったあと下がって乱れてしまっています。羽根は1回ですっと上げるようにしてください」という的確なアドバイスをいただき、再度挑戦。少しでも心が乱れるとそれが繊細な羽根に伝わって砂に出てしまいます。講師の先生の優雅で風光明媚《めいび》な盆石と比べると、自分の初盆石は雑然としていて、心の乱れが表れていました。内面が出てしまう盆石、恐ろしいです。最後、「よくできていると思います」と励ましていただきましたが、思っていた以上に難易度が高い芸術の分野です。心の中がわびさびの境地に至っていないと、外界にわびさびを表現できません。自分の人格が円熟して、入門後にかかる諸費用への心の準備もできたら、また改めて門を叩きたいです。

描いた砂の絵を一気に消すのは爽快感がありましたが、その後、砂をまとめて篩にかけたり、道具を倉庫に運ぶ手伝いをしたり、最後の片付けまで気が抜けませんでした。わびさびの余韻に浸りながら、西武本館の屋上でうどんを食べました。

「盆石」の自分の作品がいまいちでプチ挫折を味わったので、わびさび欲を満たすため「枯山水《かれさんすい》」的な何かを体験したい、という思いが湧き上がりました。といっても京都の庭園にはなかなか行けない状況です。ダメ元で「枯山水　オンライン」で検索してみたら、あったので驚きました。「枯山水庭園を巡って、自分だけのしっくい枯山水庭づくり【2】」という講座で5500円です。ここまで盆石と合わせて約1万円になり、わびさびはお金がかかります。申し込んだらしばらくして、パックに入ったしっくいと、コテや小石などの道具や材料が送られてきました。本当は京都に行って講座を受けたかったですが、家からZoomでやりとりさせていただきます。教えてくださるのは一級建築士の、知的なメガネの男性の先生です。

まず、しっくいについての解説がありました。不勉強でしたが話を聞くと、かなり素晴らしい素材のようです。
・石灰と水からできている
・お寺や町家の壁に使われている
・空気をきれいにする効果がある
・調湿・消臭材としても使われる
・除菌・抗菌の効果も
・燃えにくい
・接着剤としても優れている
・有害なアレルギー物質を吸ってくれる
京都では二条城、他にも姫路城や伏見城などお城の壁に使われているセレブな素材ですが、手間がかかるので近年ではあまり建築に使われなくなってしまったそうです。今回のキットに入っているしっくいは、化学物質が入っていないかなり上質なものだとか。他の小石や竹、苔《こけ》などの素材もいいものが厳選されているそうで、またもや波動の高い芸術に触れられて嬉しいです。

オンラインで説明を受けながら、しっくいをパネルに出してコテで延ばしていきます。

「左官の技術に関しては文献が残っていないので、全てはカンです。乾いてしまうので手早くきれいに塗りましょう」と、先生。

力を入れすぎるとしっくいがはげてしまうので、また絶妙な力加減が求められます。とくにいい匂いでもないのですが独特のしっくいの匂いと、手に触れた時の質感に癒されました。除菌・調湿されているのでしょうか。しっくい美容の可能性について考えながらパネルに塗り、ラフスケッチを描いてから石や竹の棒などをしっくいの上に並べていきます。先生に確認したところ、今回は送られてきた石に加えて、自分のパワーストーンも並べることができました。しっくいに石を、その周りに苔を配置。

しっくいには麻炭パウダーも練り込まれているそうで、作業しながら多幸感が生まれてきたのは麻炭効果なのでしょうか。工程で一番難しかったのは、ミニフォークでしっくいに砂紋を描くところです。石の周りはフォークで丸く囲み、他の部分は水平にラインを引いていきました。90分の講座が時間切れになってきたので、一部ラインを引かずに、空間を残しておしゃれ感を演出。しばらく放置してしっくいが乾いて石が接着されたら完成です。先生は、壁に貼ったり、100均でミニイーゼルを買って飾るのも良いとおすすめしてくれました。また「消臭効果があるのでトイレに飾るのもいいですよ」とのことですが、高尚な芸術である石庭を模した作品をトイレに……

というのは若干気が引けます。

しっくいは乾くと色が薄くなり、石庭っぽく見えてきました。ランダムに、自然に見えるように石を配置したつもりでしたが、改めて見ると3カ所の石のグループが予定調和的に小さくまとまっている印象です。自信なげな石庭です。やはり自分の作品にはなかなか満足できませんが、箱庭療法的にどうしても内面や本性が出てしまうのでしょうか。「盆石」や「枯山水アート」に表れた自分の問題点や葛藤を受け止めていきたいです。作品制作の過程で、自分が解放されて、少し癒されていっているのを感じました。

ただでさえ、旅行したり自然豊かなパワースポットに遠出したりできない昨今なので、今回の制作でミニサイズの自然を感じることができたのは良かったです。どこかに行かなくても、自分の内にも自然があることが実感できました。

完成してしばらく置いていたら、一部、石や竹などがはがれてきたので、ボンドで補修。時には自然と化学物質のコラボも有効です。

2021年10月号

その後

枯山水アートはどこに飾って良いかわからず、家の床に置かれています。トークイベントなどの際にお客さんに希望者がいればさしあげたいと思っているのですが、迷惑かもしれないと思い直し、そのままになっています。きっとしっくいが空気をきれいにしてくれていることでしょう。

オンライン英会話で
脳内フィリピン旅行

フィリピンのボホール島にいる
という小動物「ターシャ」の話
も魅力的でしたが……
オンライン英会話中、かなりの確率
で画面の向こうからニワトリの声が……
コケコッコー
in my house ....
「ペットですか？」
と聞いたら違う
とのこと……
ホホホホーウ
delta is ....
時には謎の鳴き声も
現地の空気がリアルに伝わります

海にも山にも川にも行けなかった2021年の夏。感染者数のニュースに怯えながら、ほとんど近場にしか出かけなかったのですが、不思議と閉塞感がなかったのはサブスクリプションのオンライン英会話のおかげかもしれません。2週間3000円ほどでかなりの回数レッスンが受けられてお得です。大昔通っていた駅前留学よりもだいぶ安い上、マンツーマンでフィリピン人の講師と会話できます。

しかし私の英語力は惨憺《さんたん》たるもので、これまでも教材をやりかけては三日坊主に終わるという繰り返し。海外旅行や英語の学校に通った記憶も薄れており、今は知っている単語を連呼することしかできません。

最初のレッスンは女性講師のAさんでした。このオンライン英会話の講師は写真を見たところ皆さん若くて、そういう意味でも話が通じるか心配です。文法が合っているかわからないですが「Today is rainy.」などと天気の話からスタート。あとは今の状況について話し、「ステイホームですか？」「近くに公園はありますか？」といった簡単な英語をGoogle翻訳を使いながら話しました。しかしほとんどの英語を忘却してしまっていて、疑問形も出だしがHasなのかDoesなのかIsなのか、全くわかりません。なぜフィリピン人はそんなに英語が上手いのか聞いたら、幼稚園から英語の授業があるとのこと。Aさんは今でも英語の映画やドラマを観て英語力をキープしているそうです。

コロナが収束したらどこに海外旅行したいかという話になり、Aさんがスイスに行きたいと話したので、「Many rich people in Swiss.」（スイスにはたくさんお金持ちがいる）と応えたのですが、いかにも頭が悪い感じのセリフになってしまいました。英語力不足でトーンダウンする私を慰めようとしてくれたのか、Aさんは「日本はテクノロジーもすごいしアメイジングな国」とホメてくださいました。そのテクノロジーもITも最近は諸国に後れを取っているような気がしますが……。

2日目の講師は男性のRさん。おすすめの日本の食べ物を聞かれたので「たこ焼き」を推薦。「Octopus in the flour ball.」などとなんとか説明。この日以降、別の講師におすすめを聞かれる度に、たこ焼きを推薦し続けました。

Rさんのおすすめのフィリピンの食べ物はアボカドを使ったもの。なんとフィリピンではフルーツとして、甘いデザートに使用されるそうです。コンデンスミルクやチョコレート、クラッカーとアボカドを混ぜるとおいしいとのことですが、なかなか想像できません。

3日目はLさんという女性でした。「How are you?」「Fine, thank you. And you?」という中一の英語の教科書のようなやりとりのあと、なかなか話が盛り上がらず……。でも最近の世界共通のトピックとしてワクチンの話題になったら、少し話が弾みました。「どこのワクチンを打ちましたか？」と聞いたら中国製の「シノバック」だそうです。副反応をGoogle翻訳したら「side reaction」と出たので、英語で副反応はどうだったか聞いたらとくに熱も出なかったとのことでした。どこの会社のワクチンを打ったのか聞かれたので「モデルナ」と答えたら「Cool!」と言われました。Lさんは鉄道が好きなようだったので日本には新幹線があってスピーディだとアピールしました。

4日目の女性講師Rさんは、フィリピンのおすすめ観光スポットを教えてくれました。フィリピンのビーチには「whale shark」というサメと一緒に泳げるところがあるそうです。穏やかでおとなしくて人間を食べたりしないフレンドリーなサメだとか。日本では見ないサメだと思い検索したら「ジンベイザメ」でした。パラワン島という島がビーチがとても美しくおすすめだと写真を見せてもらったら、エメラルドグリーンの海と岩の織りなす景観が素晴らしくて、手つかずの大自然を感じさせました。「パワースポットですか？」と聞いたら「アクティビティがたくさんありますよ」と、かみ合っていない答え。どうやら「パワースポット」は日本独自の表現だったようです。また、ボホール島にはターシャという極小サイズの猿のような生き物がいて、とても繊細で大きな音が苦手だそうです。Zoomを活用し、またそのターシャの写真を見せてもらいました。目が大きくて常に怯えているようないたいけな小動物でした。どこにも行けない東京の部屋で、フィリピンのビーチや動物の写真を見ることで少し旅行を疑似体験できました。

5日目はまた男性のRさん。夏におすすめの料理を聞かれたのでゴーヤチャンプルを挙げて、画面共有してお見せしたところ「フィリピンにも似ている料理があるよ！」とのこと。「ギニサンアンパラヤ」という料理だそうで、写真を見たらゴーヤと卵と豚肉の炒《いた》め物でゴーヤチャンプルとよく似ています。他にも「ウコイ」という揚げ物を教えてもらったら、かき揚げそっくりでした。同じアジアで日本とフィリピンの食文化のつながりを感じました。また、健康の話題になり、「You need to exercise.」と言われ、ズンバの動画を観て踊ることを勧められました。Zoomの画面ごしだと顔色が悪く、運動不足に思われたのかもしれません。

このオンライン英会話ではフィリピンに特化してくわしくなれます。フィリピンには1年を通し「フィエスタ」と呼ばれるお祭りがあり、「セマナ・サンタ」という十字架を背負ってパレードする行事や、黒いキリスト像を神輿《みこし》のように担ぐ「ブラック・ナザレ」というパレードもあるそうです。他にも、幼いキリスト像を抱え、民族衣装を着て練り歩く「シヌログ」など、派手なお祭りが多いようです。日本の祭りや、お神輿について説明しようとしたのですが、少ない語彙では「God in the little house.」と表現するのが精一杯でした。

6日目は女性のTさん。彼女の発音が一番聞き取りやすい気がしました。フィリピンのおすすめの場所として、またパラワン島を薦められました。ボラカイ島もビーチの景観が美しいとのこと。「そこには聖人がいますか？」と聞いたら通じず、「スピリチュアルパワーを持った人はいますか？」と聞き直したら「？」という表情。「自然が豊かで静かでとても良いところですよ」とTさん。講師の方々は年齢的に若いからか、あまりスピリチュアル系の話題に明るくないようです。

7日目はまたまた男性のRさん。なかなか話題も尽きてきた感があり、おすすめの飲み物について語り合いました。私がグリーンティーを薦めると、Rさんはブラックコーヒーにカラマンシージュースを入れるとおいしいと教えてくれました。ウベジャムという紫芋のペーストはアイスに付けると合うそうです。

8日目は二度目の女性のLさん。彼女もウベジャムを推してきました。タピオカとスイートポテトとゼリーとライスクリスプとウベジャムとココナッツを使った「ハロハロ」の作り方を教えてくれました。見るからに甘さがやばそうだったので「フォトジェニックデザート」と感想を述べました。フィリピンはスイーツも充実しているようです。彼女は途中ではなをかむ時、「Sorry.」と言ってわざわざビデオを消していたので、その女子力の高さに感心しました。

食べ物の話題から一転し、Lさんは「コロナのパンデミックで学んだことはなんですか？」といきなり深い内容を問いかけてきたのでたじろぎました。「大切なものは何か考えるようになりました」と当たり障りのないことを答えてしまいましたが……。日本語で聞かれても答えられないようなことを、咄嗟《とっさ》に英語で言うのは無理というものです。Lさんが住んでいるところではサイレンが鳴ると外出禁止になる、と日本より厳しそうな状況を教えてくれました。やはりコロナの話題で距離が縮まる感じがします。

10日目の女性講師は初日のAさん。また他愛《たわい》ない食べ物の話題になり、たこ焼きをおすすめしました。なんと彼女はコロナ前に日本に旅行に来て、大阪で実際にたこ焼きを食べたそうです。「We have tried it. It was yummy.」とのこと。メロンパンやラーメンも思い出深いそうです。「一蘭」という、有名なラーメン屋もお気に入りだとか。昔からパーソナルスペースで区切っているラーメン屋で、今となっては先見の明があります。「It is safe.」とまた怪しい英語でコメントしました。

2週間のうち、レッスンを受けられなかった日もありましたが、最終日は男性のRさん。文化や習俗の話題で、フィリピンの結婚式では新郎新婦のお祝いにお札《さつ》を貼り付ける、という驚きの風習が明らかに。写真を見ると晴れ着が札まみれになっていて、直接ご祝儀を貼り付ける感覚なのでしょうか。近くて遠いフィリピン……驚きの風習だらけです。結婚式の話題で終わらずRさんは「funeral」、お葬式の風習について聞いてきました。黒い服を着て、お坊さんが来て……とありきたりのことしか答えられず。英会話のレッスンは日本文化を見直すきっかけになります。なんとフィリピンではお葬式のあとに皆で集まってビンゴをする風習があるとか。とくに泣いたりはせず、ビンゴをエンジョイするそうです。湿っぽくならず、明るく送り出せそうです。しかしオンライン英会話の最終日にお葬式の話題で終わるとは……。微妙に縁起が悪い気がして、また続けて同じサブスクプランに申し込んでしまいました。

この後の2週間を含めて約4週間続けて毎日のように英会話して、英語が上達したかは不明ですが、やはり一番話題に多く出たコロナ関連の単語をいくつか覚えることができました。「vaccination」は「ワクチン接種」という意味で、「隔離」は「isolation」、「注射」は「injection」、「感染者」は「infected person」など……。海外に行けるようになったら役立ちそうなワードです。

そしてフィリピンの人は優しいです。レッスンを終える時に「Stay safe!」と安全を呼びかけてくれたりしました。世界が困難に直面しているこのような状況だからこそ心にしみる言葉で、空間を超えて通じ合えます。逆にもしコロナがなかったら、こんなに親近感が生まれることもなく、話題にも恵まれなかったと思います。延々と好きな食べ物や行きたい場所について話し続けることに……。コロナのおかげで間が持ちました。コロナは人々を断絶することもある反面、人々の絆《きずな》を深めてくれるというのを体感しました。平和な世界になった時、話題に困らないように、日本の文化や風習について改めて学んで情報をストックしておかなければ……。それまでにまた英語力がダウンしていないことを祈ります。

2021年11月号

その後

オンライン英会話を頻繁に受講していたときだけ一瞬英会話力が高まっていたのですが、使う機会もなく、オンラインの習慣も途絶えてしまいました。それから月日が経ち、先日、原宿で海外からの旅行者に道を聞かれました。左を指差しながら思いきり「Right!」と言ってしまいました。日本人は英語ができない、という観念を植え付けてしまったらすみません。

男女の出会い方の変遷

試しにマッチングアプリのプロフィールを作ってみたら写真の判定が残念なことに
18点……
ワクチン2回目の2日後で不調感が
12点……
寂しげな自撮り
ちなみに人気の写真はこんな感じです
いかにも倍率が高そうなので、逆に残念なプロフィールの女性が人気出たり……しないですよね

3年以上、遠距離恋愛を続けられて小室圭さんと結婚に至った眞子様。小室さんやお母様への疑惑は尽きないながらも、会わずに3年間も恋愛感情をキープされたのはすごいです。コロナ禍でなかなか出会えない人たちや遠恋中のカップルに希望を与えたことでしょう。最近はオンラインでの出会いやデートも多いと聞きます。コロナ禍で男女はどうやって出会ったり恋愛したりしているのか老婆心ながら心配していましたが、杞憂《きゆう》だったようです。最近は出会いの方法として一番に挙げられるのが「マッチングアプリ」。このご時世、合コンなどの宴会もできなくなってしまいました。でも、くわしい人に話を聞くと今の若い世代はそもそも合コンをほとんどしないのだとか……。

先日、マッチングアプリ「Dine」を運営する会社のCEO、上條景介氏に最近の恋愛事情について話を伺う機会がありました。マッチングアプリ、噂《うわさ》には聞いていましたが入れる勇気がなく……。友人に、近くにいる人と誘い合ってホテルに行くアプリがあるらしい、と教えられてから、刺激的だけれど自分には無縁の世界だと思っていました。しかし今のカルチャーや話題の事象について知識をアップデートしないと世の中にとり残されてしまいます。まずは、合コンがオワコン説についても教えていただきたいです。20代前半の女性も同席していたのですが、彼女も合コンをやったことがないそうです。

「僕は5年前から合コンはなくなるって言ってたんですけど、実際5年経ってたしかになくなりつつあると感じています。合コンは効率が悪くて、ランダムな出会いなので、恋愛に発展しなかったケースの方が多い。僕も昔は毎週のように合コンをしてましたが、大人数だとどうしても埋もれてしまう。あれはあれでエンターテインメントとして楽しかったのですが、彼氏彼女を作れるか、というと怪しいです」と、上條氏。

たしかに私も高校時代、男子校の生徒と何度も合コンしましたが何も芽生えないし発展もなかったです。おニャン子クラブの曲を歌ったら男子に引かれたり、残ったのは黒歴史だけかもしれません……。

「マッチングアプリを使ってしまうと合コンって何の意味があったのかと思いますよ。若者からすると、わざわざ合コンなんかしないで、気になる人をお誘いして一対一で会った方がいいという認識です」

以前はナンパという出会いの手段もありましたが……。

「コロナ前だったら結構あったと思いますが、感染リスクが高いので、コロナ流行後からなくなっています。ナンパに関しても男性のほとんどはしたことがないのではないでしょうか。ごく一部の積極的な人がやっている感じです」

今はナンパだとマスクで全顔が見えないという難点があります。顔の下半身は重要です。

そして今、出会いのメインストリームと言われるマッチングアプリですが、上條氏に軽く変遷を伺うと……。

「そもそも日本に最初にマッチングサービスが登場したのは7、8年前。その前も『出会い系』と呼ばれるサービスがありましたが、サクラが多かったりあやしい印象でした。でも2008年にFacebookが日本に上陸したのが転機になりました。FacebookのIDとパスワードでログインする出会い系サービスが出てきて、実名で実際の人物が登録しているという信頼性が高まったのです」

Facebookログインを利用したお見合いサイトが手堅い人気を集める……同じ時代に生きていたのに全く気付きませんでした。2012年頃からはPairsやOmiaiというアプリなどが登場し、話題になりました。出会い系サービスやお見合いサイトは、その後マッチングサービスという呼び名になり、カジュアルなイメージに。

「私たちの時代では信じられなかったほど市民権を得つつあります。しばらく大人数で集まれない状況が続くとしたら、マッチングアプリは出会いのきっかけのナンバーワンになっていくことでしょう」

実際に、「Dine」の運営会社による「婚活・恋活意識調査2021」というアンケート結果を見ると、2021年1月以降の半年間で新たにデートした人がいると答えた人のうち、出会い方の1位は「マッチングアプリ」だそうです。

「コロナの感染拡大前と比べて、婚活や恋活にどんな変化がありましたか?」という質問に対しては男女とも1位「合コンや婚活パーティーに行かなくなった」2位「夜ではなく昼間に会うようになった」3位「二軒目（二次会）に行かなくなった」4位「相席居酒屋やバーに行かなくなった」という回答でした。出会いが減っているのに、2021年1月以降の半年間で新たにデートした人がいるかという質問には男性の78%、女性の88%が「いる」と答えています。ということは……合コンや飲み会やパーティー、相席居酒屋、街コン（そんなブームもありましたね……）ではなく、多くの人はマッチングアプリで出会っていることになります。男女はコロナ禍でも、いやコロナ禍だからこそ出会いたい、コミュニケーションを求めているのです。

「緊急事態宣言が何度か出ましたが、そんな中でも男女のデートの意欲や、婚活・恋活の意欲はむっちゃ上がってるんです」と、上條さんもおっしゃいます。緊急事態宣言中はオンラインデートのサービスも人気だったとか。

ちなみに「Dine」の特徴は、男女がお互いいいなと思ってからメッセージをやりとりする、という工程がダルいと内心感じている層向けに、メッセージを送り合わなくても次のステップでデートの店の予約に進める、という特長があるそうです。最初の登録の時に、提携しているレストランやカフェやバーのリストからいくつかを選んでトップページに表示。マッチングが成立したら、予約サイトが出てきて空き日程を選べるようになっています。まるでコンサートや美術展のチケットを予約する感覚で、デートの約束を取り付けることができます。提携しているお店なので、トラブルが起こらないように店員さんがチェックしてくれていて安心だとか。

「マッチングアプリ絡みの事件がたまに報道されていますが、たいてい事件は密室で発生しています。密室といえば自宅かホテルか車です。なのでそのリスクを排除するため、初デートは契約しているお店のみで行うようになっています」と、上條さん。この知識は、マッチングアプリに限らず、ふだんの男女の約束の時にも心にとめておいた方が良さそうです。

提携しているお店の人にとっても一定のお客が入るメリットが。初デートの男女を見守るのも楽しそうです。

「レストラン選びの罠《わな》っていうのがあって、男性に任せると大衆居酒屋とか男友達と行くような店を指定しちゃったり。それを防ぐためにもお店は厳選してます」

最初警戒していたような危険性は低いことがわかりましたが、マッチングアプリをやったことがない身としては、まず写真やプロフィールを揃《そろ》えるのがハードルが高いです。さきほどのアンケートによると、恋人を探す上で何を重視するかという質問には、男性の1位が「顔が好み」、2位が「体型が好み」、3位「ポジティブ思考」、女性の1位が「経済力がある」、2位が「顔が好み」、3位「会話が上手」という結果でした。女性は現実的に経済力を重視して、男性は外見重視のようで、なかなかシビアな本音が表れています。最近は、マッチングアプリ掲載写真を撮るのが専門のカメラマンまでいるそうです（30分一万円といったギャラで）。知らないうちにマッチング中心の世の中になっていたのかもしれません……。

今まで、リアルに会ってビビと来るのが運命の相手だと思っていたのですが、アプリの中にも運命の相手はいるのでしょうか。

「運命っていうのはどこで感じるか人それぞれ。同じアプリを使っていてたまたまお互い気になって会えたら運命だと思います」と、上條さんはおっしゃいます。魅力的な人には多数の人が運命を感じそうです。

マッチングアプリでは、とにかくプロフィールのページが重要だとか。

「常に書類審査の場なんです。書類をうまく作った人がモテる。写真は、いくらイケメンでも自撮りは人気ないですね。自分で撮るよりも友達など第三者が撮った写真の方が自然な表情になります。このアプリでは、異性がプロフィールを見た時のリアクションで点数が出るようになっています」

プロフィール画像や本人の自己紹介をアップロードしてしばらくすると、点数が表示されるそうで、厳しい現実ですが勉強になります。

「例えば僕のプロフィールでも、この腕を組んでる写真は20点で人気がない。異性からモテる写真とモテない写真があります。男女とも見た目は大きいですね」

外見に自信がなくても、高い店で食事できるとアピールすることで経済力でモテる、という方法もあるようです。

「トータルで履歴書のどこをポイントにするか戦略を立てましょう」

と、役に立つアドバイスをいただいたので、とりあえずプロフィールページだけでも作ってみることにしました。今までろくに履歴書を書いたことがなく、特技も趣味もほとんどなく、年齢も高めなのですが大丈夫なのでしょうか……。自撮り写真と、大江戸温泉物語で撮影したマスク姿の写真、仕事でクルーザーに乗った時の写真などをアップロード。自己紹介は苦手なのですが、趣味として散歩やドラマ鑑賞、美術鑑賞などを挙げました。書いている途中、スマホの容量が少ないためかアプリが落ちて再起動。しばらく立ち上げようとしても容量不足でアプリが開かない日々が続きました。まずスマホの容量に余裕がないと異性とも出会えない現実が……。

数日後、スマホの写真を整理して使用している容量を少し減らしたら、また立ち上がるようになったので、私が載せた写真をおそるおそる見てみました。ちなみに写真は「良い」が65点以上、「普通」が35点から64点、「悪い」が34点以下なのですが、私の場合、全て「悪い」で、12点、18点、26点というショックな結果に。自己紹介や自己アピールの下手さを痛感。わかる人にだけ伝わればいい、と万人受けを考えていなかった自分の偏狭さを反省しました。マッチング目的以外でも、自己表現力や自己プロデュース力を鍛える学習アプリとして使えそうです。自分の人生をポジティブにとらえて、ランクアップさせるツールとして……。

２０２１年12月号

2022年

古代エジプトのロマンとリアル

スピリチュアル的に憧れを抱いていた
古代エジプトの神官という職業
でもCTスキャンで調べたら
虫歯だらけの神官が……
ミイラになるのは上級国民だけだったようで
数千年後にここまで調べられるとは……
現代は火葬で良かったです

過去生、古代エジプトに関係があると言われたことが何回もあり、勝手に親近感を抱いていました。エジプト人をサポートしていた宇宙人だったとか、微妙にメジャーなところではクレオパトラ6世（有名な美女は7世）だとか……。確証がないのですが、霊能者やスピリチュアルカウンセラーはたまたまボブヘアを見てそう言ったのかもしれません。まだエジプトには旅行したことがないのですが、国内で開催される古代エジプト関係の展示は何かに引き寄せられるように行ってしまっています。

先日も、特別展「大英博物館ミイラ展　古代エジプト6つの物語」が国立科学博物館で始まる、というニュースがあり、楽しみにしていました。ミイラこそ完全に隔離されたマトリョーシカ状の棺《ひつぎ》に入っていて、完璧なソーシャルディスタンス。今回はCTスキャンを用いた画像解析でミイラの謎を解き明かす、という企画なので、古代エジプトの詳細な情報をインプットすることで過去生の自分とつながれるかもしれない、と思い、行ってみました。

上野でミイラを見るのは、2019年に同じ国立科学博物館で開催された特別展「ミイラ〜『永遠の命』を求めて」以来です。その展示は古代エジプトだけでなく、南米、ヨーロッパ、オセアニア、日本など世界中のミイラが集まってコロナ前からコロナ禍の2021年まで全国巡回していました。死後四十数人でツアーを回り、コロナ下の人間に諸行無常を伝えてくれたミイラたち。そしてまた新たなミイラ展が開催されることに不思議な縁を感じます。死を意識せざるを得ないパンデミック下の今、懇《ねんご》ろに弔われたミイラたちを見ると人は癒されるのでしょうか。死後長い年月が経つと遺体への抵抗感も薄らいできます。

「大英博物館ミイラ展　古代エジプト6つの物語」は、ミイラがメインですが、それ以外にもヒエログリフだったり神様関係の像だったり、装飾品なども多数展示されていて充実していました。古代エジプトの神々は動物の姿で表されることが多いです。例えば知恵と書記の神、トト神はヒヒやトキの姿で表現されたり、スカラベは太陽神と同一視されたり、オシリスとイシスの息子であるホルス神はハヤブサの頭をしていたり、ミイラ作りの神様とされていたアヌビス神は頭部が黒いジャッカルだったりでかっこいいです。ライオンの頭部を持つ神様は、セクメト神で気性が荒い破壊神。そして何といっても一番かわいくて人気なのは猫の女神バステト神です。太陽神、ラーの目として人々の行いをじっと見守り、時には罰するらしいですが、飼い猫の習性そのままです。引っかいたり猫パンチしたりするのは罰してくださっていたんですね。スピリチュアル系で古代エジプトに憧れる人が多いのは猫好きの属性とも親和性がありそうです。丁寧に布が巻かれた猫のミイラも展示されていました。ミイラの展示を見てしめやかな気持ちになったあとは、神様の像などを見て心を和ませました。

展示では6体のミイラがフィーチャーされていて、名前や職業、生きていた時代や亡くなった年齢、遺体のCTスキャンまで個人情報がつまびらかにされていました。ちなみに今回の展示にファラオはいないので呪い関係は大丈夫だと信じたいです。

まず1人目はアメンイリイレトさん。テーベの役人をしていた男性です。末期王朝時代・第26王朝の紀元前600年頃に生き、35~49歳（中年期）の間に亡くなったと推定。三重の棺に厳重に納められていました。貯蔵庫や王の所領からの収入を管理する、地位が高めの役人とのことで、現代だと税務署長でしょうか。棺に記された銘文には「収益の下僕」というワードも。ミイラになるのも上級国民の特権です。過去生の私は果たしてミイラになれたのでしょうか……。

CTスキャンで調べたところ、ミイラの鼻内部の骨には、ミイラ作りの際に曲がった刃物で鼻から脳髄を取り出した痕跡があったそうです。遺体の顔の判別できる部分を見ると、たしかにまじめな役人っぽいです。腕を交差させたXのような体勢は、オシリス信仰に基づき、来世での復活をもたらすとされています。

CTスキャンからはアメンイリイレトさんの亡くなったときの健康状態も見てとれます。骨盤には溶骨性の変化があり、骨転移性癌《がん》が疑われます。古代エジプトにも癌があったとは……。若くして病気になってしまうなんて、ストレスフルな環境だったのでしょうか。慰霊の気持ちがわいてきます。さらに、心臓や頸動脈《けいどうみゃく》にプラークが付着していたので、アテローム性動脈硬化症（動脈硬化）でもあったようです。古代エジプトのミイラに心血管疾患の病気が見つかることはよくあり、動物性脂肪が豊富な食生活の影響も考えられています。先人が教えてくれる偏った食生活の危険。さらに特筆すべきは、咬耗症《こうもうしょう》（歯の摩耗）の進行。歯の大半がすり減っていて、臼歯の末端には感染症の痕も。当時、歯を患っている人は多かったようです。私も歯の悩みが結構あるので、古代エジプト人の過去生のカルマを引きずっているのでしょうか……。

2人目のミイラは、ネスペルエンネブウさん。ついに出ました、古代エジプトの神官の男性です。スピリチュアル系の女性の間で最も人気な過去生の一つが、古代エジプトの神官です。ネスペルエンネブウさんは紀元前800年頃、第3中間期・第22王朝の時代に生きて、35～49歳頃に亡くなりました。不思議と同じ年代に亡くなる方が多く、今の私の年齢も古代エジプトでは寿命かもしれません。カルナクにあるコンス神殿に仕えたネスペルエンネブウさんは、今回の展示でもひときわあざやかな棺に納められています。神官の家系に生まれ、日々の供物や呪文の奉献に関わる仕事をしたり、神像が祀られている小型の祠堂《しどう》の扉の開閉にも関わったり、特権的な立場だったようです。まさにスピ好きが憧れる、理想の過去生です。

でもそんな彼も、中年のうちに数々の疾患に悩まされて他界。古代エジプトは平均寿命が30歳代だったらしいので長生きになるのかもしれませんが……。CTスキャンによると、またもや頸動脈の内側に石灰化したプラークが認められたのでアテローム性動脈硬化症だったようです。でもネスペルエンネブウさんの場合は歯のトラブルがひどい状態でした。解像度が進化したCTスキャンによると、残っている28本の歯の大半が病変の徴候を示していて、感染症や膿瘍《のうよう》、虫歯に侵されていたようです。奥歯は極端に摩耗し、残っているのは歯根だけ。大臼歯5本には根尖《こんせん》病変が、大臼歯4本には虫歯があり、前歯にも下の歯にもひどい摩耗と複数の虫歯が。ナツメヤシやはちみつなど甘いものをよく食べていた古代エジプトでは虫歯は珍しくなかったそうです。虫歯が、それにしてもネスペルエンネブウさんの歯はかなりやばい状態のようです。虫歯が歯髄腔《しずいこう》に穴を開け、口腔内の細菌が入り込んで、慢性感染症と歯周膿瘍、根尖病変を引き起こしていたようです。歯の膿瘍が多数あることや、敗血症や気道閉塞を引き起こしたことが、死に関わっているのかもしれないとか。恐ろしい見解の説明文を読んで血の気が引きましたが、これまでに十数本は虫歯を治療してきた私も、現代のような歯科治療ができない古代エジプトでは、ネスペルエンネブウさんのような致命的な状態になっていたかもしれません……。改めて現代の医療に感謝です。

だんだん古代エジプトへのロマンも希望も薄らいできましたが、残りのミイラについても見ていきたいです。

3人目はペンアメンネブネスウトタウイさん。彼もまた憧れ職業、下エジプトの神官でした。紀元前700年頃の第3中間期・第25王朝に生きて35〜49歳の間に亡くなったと推定。色合いは渋めながらも細かい絵が丹念に描かれた棺に納められていました。

神官は影響力が大きく、利権を得ることもありました。細かい恩恵では、供物のお下がりをもらえたりしたそうですが、神官をつとめるためには厳しい制約もありました。儀式や神に近付く前に体を清めなければならず、毎日、日中に2回夜に2回頭からつま先まで全身洗い清め、髪や体毛を剃《そ》っていたとか。上質な亜麻布でできた服をまとい、性行為は慎まなければなりませんでした。それはまあ良いとして、熱いシャワーも出ない古代エジプトで毎日4回も体を洗ったり、体毛を剃るのはキツいです。神官、無理かもしれません……。

ちなみにペンアメンネブネスウトタウイさんの病変はというと、歯はそんなに摩耗していませんでしたが、状態は悪く、下顎の2本の前歯は抜けたのかなくなっていました。虫歯の痕跡もありました。そしてまた動脈の内壁から石灰化したプラークが見つかり、アテローム性動脈硬化症だったようです。神官の歯のトラブル率が高いのが気になります。

4人目のミイラは、この展示の紅一点、タケネメトさんです。第3中間期・第25王朝の紀元前700年頃に生きて、35〜49歳の間に亡くなったと推定。テーベ在住の既婚女性です。父は神殿の門番で、母は門番の娘。育った環境や価値観が近い男女がマッチングしていたのでしょうか。富裕層だったのでミイラになれたようです。CTスキャンのデータによると、他の方々と同様に、頸動脈の内壁に石灰化したプラークが。心血管疾患のリスクを持っていて、脳卒中か心臓発作を起こした可能性があるそうです。歯は摩耗していましたが、虫歯の痕跡はありませんでした。他のミイラに比べると健康状態は良くて、ストレスフリーな有閑マダムだったのかもしれません。お団子ヘアというのがかわいいです。

5人目のミイラは、名前不明のハワラの子ども。3～5歳の間に亡くなった男の子です。ローマ支配時代、紀元後40～55年頃に生きていました。棺にリアルな顔の絵が描かれているのがインパクトがあります。早すぎる死を迎えた要因は特定されていませんが、古代は子どもの死亡率が高かったようです。

6人目のミイラは、名前が不明のグレコ・ローマン時代の若い男性。プトレマイオス朝時代後期からローマ支配時代初期の、紀元前100年～紀元後100年頃の間に生きて、17～18歳で亡くなりました。CTスキャンでもわかる整った顔立ちでかなりイケメンだったことが推測されます。歯もほとんど摩耗しておらず、病気や外傷、殺害された痕跡もなく、死因は不明です。

古代エジプト人のミイラをじっくり見させていただき、これまで彼らのことを浮世離れした存在として美化していたことに気付きました。霞《かすみ》でも食べてスピリチュアルに生きスピリチュアルに死んでいった存在かと……。でも、実際は神官も現実的に肉体の不調を抱えていたのです。とくに動脈や歯に顕著な病変が。当時のパンには硬いものが混じっていたので、それが歯を悪くする一因だったようです。スピリチュアル業界では、古代エジプト神官のイニシエーションとか叡智といったワードを見聞きしますが、神官のほうこそ不調をヒーリングしてもらいたかったのかもしれません。過去生、神官だった方は今は歯の調子はいかがですか？ と伺いたいところです。今回、心のどこかで現実逃避をしたくて、ミイラの展示を見に行ったら、ミイラとりがミイラになって現実に戻ってしまいました。そして現代の医療は素晴らしい、という思いに至りました。今日も念入りに歯を磨かなければ……。

2022年1月号

SDGsイベントで意識を高める

講演会出演者の多くが事前収録の
動画上映でした
持続可能な街づくりに向けて
SDGsを原動力とした地方
創生を推進してまいります
出演者もお客も気を使わず体力
温存……これっこそサステナブルです

SDGsの圧が強まってきたのを感じる昨今。持続可能な開発目標（Sustainable Development Goals）は、環境問題、気候変動、格差、ジェンダーギャップ、貧困など世界の様々な問題を解決し、より良い社会を実現するために考えなくてはならない指標をまとめたもの。SDGsを意識したいと思っていましたが何からはじめて良いかわからないでいたところ、ふと開いた新聞の全面広告に「日経SDGsフォーラムシンポジウム」の告知を発見。2日間にわたって、政治家や経営者、識者がSDGsについて講演するそうです。意識の高さを少しわけていただきたいと思い、申し込みました（入場無料）。会場とオンラインのハイブリッド開催ですが、現地で生のSDGsヴァイブスを吸収させていただこうと思います。登壇する方々の写真の柔和《にゅうわ》な笑顔にすでに人徳が漂っているような……。

そして当日、日本橋の会場に向かうと……意識が高すぎる場所は波長が合わないとたどり着けないのでしょうか。会場が入っている商業施設がオープン前で、入り口が閉まっていてしばらく周囲をグルグルしてしまいました。地下に降りれば入り口があることがわかり、時間ギリギリに到着。広い会場にお客さんは私を含めて十数人。スーツ姿のまじめそうな人がポツポツと座っていて、かなりソーシャルディスタンスは保たれています。

10時15分から16時45分まで、いろいろな人が入れ替わり立ち替わり登場する形式です。まずはＶＩＰ、内閣府特命担当大臣の野田聖子氏が登壇とのことで、心して待機していたら……「大臣は事前に収録させていただいた映像での講演になります」とのことで、ちょっと残念です。さすがに多忙な大臣なので生身では来られなかったのでしょう。もし来場されてお客が十数人、というのも客の一人として申し訳ないです。大画面にブルーのスーツ姿の野田聖子氏が映し出され、すごい滑舌の良さでよどみなく話されました。

「内閣府ではあらゆる人々が活躍する社会ジェンダーの平等の実現に向けて、今年の6月に策定した『女性活躍・男女共同参画の重点方針』に基づき、官民一体となって取り組みを進めています」「内閣府では持続可能な街づくりを実現するため、2024年度までにSDGsの達成に向けた取り組みを行っている地方公共団体の割合を60％にするという目標を掲げ、取り組みを進めています」。おそらくカンペを読んでいるのだと思いますが、前を向いた姿勢で読んでいる感をほとんど出さず、声にも力があり、さすが政治家だと感じ入りました。地方創生や子供の貧困対策について時間ぴったりにトーク。

続いての登壇者はシナモンＡＩ代表取締役社長ＣＥＯ、平野未来《みく》氏です。ＡＩ関係の会社のＣＥＯで容姿端麗、有能で社会貢献もされ、子育てとも両立していて全て持っているようなお方。生でぜひ拝聴したかったのですが、彼女も「事前に収録させていただいた映像での講演」でした。まず最初に会社の紹介が。業務内容は「デジタルトランスフォーメーションの推進」だそうです。クライアントの大手企業のデジタル化やAI導入を手伝っているようです。さらに話は人類の歴史や地球環境に広がり、温暖化を止めるにはどうしたら良いか、という問題提起がされました。心と地球はつながっているので、地球環境の悪化によって人の心がすさんでしまいました。企業は利益を追求するだけでなく、野心的な変革目標を持って地球環境の改善を考えることが必要だそうです。平野氏は「マッシブトランスフォーメイティブパーパス」と表現していました。今まで自分はパーパスを持ったことがなかったことに気付かされます。また、日本では「役に立つ」のが素晴らしいという意識があり、ほぼ洗脳状態だとか。「人の役に立ちたい」という考えから一歩進んで「意味があることをしたい」という考えに変化することが必要だそうです。そうすることで大きな目標も実現できます。ただ「役に立ちたい」とぼんやり思って生きてきましたが、意識をシフトしなければ……とさっそく感化されました。この講演を20代前半に聴きたかったです。とりあえず、目標や抱負でなく「パーパス」と言ってみるところから始めようと思います。かなり充実した情報量の講演でしたが、映像なので会場の拍手はなし。体力も省エネできました。

続いてキリンホールディングス代表取締役社長の磯崎功典《よしのり》氏の講演です。またもや事前収録映像でした。「新型コロナウイルスの発生はCSVパーパスの意義と妥当性を再確認する機会となりました」。また出ました「パーパス」！ 意識高い系の人は「パーパス」を頻用するようです。CSVパーパスとは、企業が大切にしている価値観や経営理念のことのようです。プラズマ乳酸菌を使った製品などが推されていました。社会の幸せにつながる食と健康の新たな喜びを生み出す、というのがキリンが目指していることだそうです。

次は前方の席にお客さんが少し増えたな、と思ったら登壇者のセブン&アイ・ホールディングス代表取締役社長の井阪隆一氏は、映像ではなく実体での出演でした。久しぶりの生身の声を聴くことができます。前方の方々は社員さんでしょうか。もし自分が社員だったら、社長に気に入られるため率先して前の方に座るかもしれません。

日々の経営の中に、社会課題解決とSDGsの取り組みを入れる難しさについて語る井阪氏。CO2削減、プラスチック削減などに取り組んだり、各店舗で省エネ設備の導入、太陽光パネルの設置といった施策を行っているそうです。環境投資額は2021〜25年度の間に約1250億円の予算を計上。大企業はスケールが大きいです。日本中全ての大企業が環境問題に取り組んだらかなり世の中が変化しそうです。リアルに登壇したことでセブン&アイ・ホールディングスへの好感度が高まりましたが、社長の講演が終わると前の席の参加者たちも帰ってしまいました。

続く4名の取締役などの方々のパネルディスカッションもなんと事前収録……。暗い会場のステージに、アクリル板で仕切られ全員同じ方向を向いた登壇者のシュールな映像が流れました。熱気も伝わりにくく、この時間は休憩タイムにして会場をいったん出てしまいました。

でも、その後の、アサヒグループホールディングス代表取締役社長兼CEO、勝木敦志氏は事前ではなく生身でした。生で登壇する企業は応援したくなります。講演は、持続可能な原料の調達や、気候変動への対応、プラスチック問題への対応、そして不適切飲酒の撲滅、といった真摯な内容でした。TCFDというまたSDGs並に難解そうな理念に賛同しているようです。TCFDは「気候関連財務情報開示タスクフォース（Task Force on Climate-related Financial Disclosures）」の略だとか。この理念に賛同していない企業は、今後意識が低いとみなされてしまうのでしょうか。アサヒはTCFDに取り組んだ結果、炭素税導入による生産コストや、PETボトルコストが増える見込みのようです。

さらに「スマートドリンキング」といって、気分や体調に合わせて適切なお酒の量や飲み方を選択できる取り組みを紹介。主な商品に含まれる純アルコールグラム量をホームページ上で開示するそうです。今までそのあたりは曖昧にされていたのでしょうか……。とにかくこのシンポジウムでは、各企業の道徳的な面がフィーチャーされています。

後半の講演・パネルディスカッションでは重要そうな海外の識者が登場。World Business Council for Sustainable Development（WBCSD）のピーター・バッカー氏が、スイスからリモートで参加します。TCFDコンソーシアム会長で一橋大学CFO教育研究センター長の伊藤邦雄氏、経済産業省の梶川文博氏、日経ESG発行人の酒井耕一氏とともにディスカッション。ピーター・バッカー氏以外は皆さん生身出演でありがたいです。

「地球には対処する必要がある3つの優先事項があります。気候の緊急事態、自然の喪失または生物多様性の喪失、そして増大する不平等です」と、ピーター・バッカー氏。環境のために企業が取り組むべき「NINE PATHWAYS TO EXPLORE」という目標を発表されました。

その9つのアジェンダはというと……「サステナブルなエネルギーシステム」「社会のニーズを満たすように最適化された製品」「全ての人にとって達成可能な最高水準の健康と福祉」「安全でクリーンな輸送システム」「持続可能な開発を支援するための金融資本」「全ての人に提供される水と公衆衛生」「健康的で包括的で自然と調和した住環境」「透明性と効率の高いコネクティビティ（接続性）」「健康的で安全で持続可能な食品システム」。崇高で立派な言葉が並んでいますが、SDGsでも大変なのにさらにやらなくてはいけないことが増えています。会社経営者じゃなくて良かった……と意識の低い安堵感を抱いてしまいました。提供されるものを利用する消費者側は気楽でいいです。

「私たちは、新しいテクノロジーやソリューションを見つけ、イノベーションに投資するために企業を立ち上げます。財務フローがこれらのグループのスケールアップに向けられていることを確認する必要があります」

意識が高すぎる人の言葉は和訳してもやはりわからないというか、SDGs意識の格差ができてしまっているようです。焦燥感にかられながら、今回の半日のシンポジウムでインプットした、意識高い系ワードをメモ。

「ステークホルダー」

「ビジョナリーカンパニー」

「コンソーシアム」

「DX（デジタルトランスフォーメーション）」

「サステナブルなサーキュラーエコノミー」

「オープンイノベーション」

「トランジションファイナンス」

「エクスポネンシャル思考」

「シンギュラリティユニバーシティのポジティブなインパクト」

意味がわからないままですが、これらのワードを唱えているうちに少しずつテンションが高まって体が温まっていきます。電力を使わずエネルギーを自家発電していてサステナブルです。難解な言葉を使いこなしていて意識が高い錯覚に……。会場に最後まで残った少数精鋭の一人として、ＳＤＧｓ知ってる感をアピールしていきたいです。ちなみにサステナブルとサステイナブル、それぞれ人によって読み方が違っていて、どちらが正しいのか結局わかりませんでした。そんな多様性もサステナブルです。

２０２２年２月号

ディープなパワースポットで
神脈作りの旅

神魂神社にはアメノホヒノミコトが
乗ってきたと言われる釜が祀られて
いました
前澤さんの
帰還モジュール
のように落下
したのでしょうか？
危険を冒してまで地球に来てくだ
さってありがたいです

人とソーシャルディスタンスを保つ日々が続いて、友人知人と疎遠になってしまいました。「コロナが落ち着いたら会おうね」なんていつになるかわからないメッセージをもらって、寂寥《せきりょう》感が高まります。

そんな時は人脈ではなく神脈を築けば良いのかもしれません。12月に、トークイベントの仕事で出雲《いずも》に伺う機会がありました。久しぶりの出雲で、仕事の前後に神社にお参りできるかもしれない、と楽しみにしていました。

しかし本物の聖域にはスムーズにたどり着けないことがあります。訪れる人の徳のレベルによって、試練が課せられるのでしょうか。これまでも、出雲大社に何人かで行った時も車が溝にハマって動かなくなったり、ひとりで行った時は寝台列車で霊体験をしたり（ひとり部屋なのに老夫婦が第二次世界大戦について話す声が……）、ちょっとしたハプニングに見舞われてきました。そして今回も、羽田空港についたら、出雲空港は悪天候で着陸できずに引き返す可能性がある、というアナウンスが。出雲の神様に祈りながら搭乗しました。すると、途中で雲の上の天上界に、霊峰富士山の頭部が出ているのが見えて、出雲には行ける予感が。雪雲の中を飛んでいる時はかなり揺れましたが、空港にはスムーズに着陸できて、出雲の神々に感謝。出雲縁結び空港という名前の空港ですが、人間同士の良縁だけでなく、神様との縁を積極的に結びたいです。

今回お世話になったタクシーの運転手さんはまじめそうなメガネの男性で、とにかく出雲の神話に詳しかったです。旅行者にとってはタクシーとの出会いは重要で、このことにも神様がご手配してくださったのを感じました。道中、神在月《かみありづき》の間の神様の動向について話を伺いました。

「神在月に集まった八百万《やおよろず》の神々が出雲で最後に立ち寄って、直会《なおらい》をされるのが万九千《まんくせん》神社です。翌朝お帰りになります。朝4時に神様のいらっしゃる社の扉を梅の枝で叩くと、神様は起床されます」

と、モーニングコールまで。神様も夜通し宴会するんですね。神様はコロナには関係なく大人数で会食できます。ちなみに出雲大社といえば、宮司の千家国麿《せんげくにまろ》氏が高円宮《たかまどのみや》典子様とご結婚されたのも話題になりましたが、

「典子さんは最近見かけないんですよね」

と、同行の地元の方談。国麿氏も体調を崩しているそうで心配です。

そんな噂話をしていたのが神様に伝わったのでしょうか。タクシーの中から木がしなっているのが見え、雪まじりの暴風が吹きすさんでいるようです。そういえば前年、伊勢神宮にお参りした時も横殴りの大雨で、着ていた服とタイツが水を含んだ雑巾のようになってしまったことを思い出します。神様が煩悩まみれの私を浄化してくださったのでしょうか。依然として精進が足りないのか、出雲でも暴風と寒さに見舞われ、

稲佐の浜の砂を取りに行こうとしたのですが生命の危険を感じて車に退避。稲佐の浜の砂を出雲大社本殿奥の素鵞社《そがのやしろ》にお供えすると、それと引き換えにご利益パワーが入った砂を持ち帰っても良い、という風習をタクシー運転手さんに聞いたのでぜひ実行しようと思ったのですが、砂一粒拾えませんでした。ただ、暴風で流れる砂の軌跡がまるで地面を這《は》う龍のように見えて、厳かな気持ちに。ちなみにあとで調べたら、神在月のとき、龍が八百万の神々を稲佐の浜へ先導するそうで……。やはり実際いらっしゃるのかもしれません。しかしそのあとの出雲大社参拝も暴風で短時間しかできませんでした。寒さと強風でほとんど人がいない出雲大社にお参りできたのは貴重でしたが……。

大国主命《おおくにぬしのみこと》は全国各地に妻がいた、という話も伺いました。妻を各所に置くことで、その地を統治していたとか。現代だったら批判を浴びそうですが、神様の霊験で炎上は起きないのでしょうか。日本の神話には、ニニギノミコトが見た目が不細工な女神（イワナガヒメ）を追い返した話があったり、神様の価値観は今では結構アウトかもしれません……。ちなみにイワナガヒメの怒りによって、それまでなかった寿命というものができたそうです。

次の日、トークイベントの打ち合わせでは、さらに神様の人間っぽいエピソードを聞きました。松江のM神社の女神様が、秋田のY神社の神様といい仲になり（念のため伏せ字）、毎年一緒に年越しされるので女神様は1月4日にならないと帰ってこないそうです。そのためお正月の4日まで本殿の扉を開けているとか。まるで『愛の不時着』でジョンヒョクとセリが、スイスで年に一回一緒に暮らすような感じで濃厚な時を過ごされていそうです。

また、島根など山陰地方は流行病《はやりやまい》の感染者数がたいてい少ないのですが、それは神社が数多くあって神様のご加護もあると思われますが、湿度が高いのも一因かもしれない、という話になりました。冬でも湿度60％くらいあるそうです。乾燥しているほどウイルスの飛沫が遠くに飛ぶと言われています。湿度が高く紫外線が少ない島根県は、肌にも良くて「住めるエステ」と言っても良さそうです。温泉も多いそうで、肌と心が疲れたらワーケーションで島根に住みながら神々との縁を深めるのも良いかもしれない、と思いを馳せました。煩悩を駆り立てられるような商業施設が少ないのでストイックに仕事に集中できそうです。島根の人は商売っ気もほとんどなくて、お土産ショップも少ないとのこと。神社がたくさんあっても参道の店が少ないです。自分の一番の課題である物欲を抑えられそうな禁欲地です（と言いながらホテルの売店などでお土産を大量買い）。

イベントのあと、偶然にも同じタクシー運転手さんの車でまた神社を巡ることに。出雲で好きな神社の一つである、神魂《かもす》神社に久しぶりに参拝しました。木造の古い社殿で神気がみなぎっているような空間。神在月になると、神々はまず六所神社を訪れ、その次は神魂神社、次が出雲大社、という順番だそうです。今回、タクシー運転手さんに教えてもらってはじめて知ったのは、神魂神社に祀られているお釜の話。天穂日命《あめのほひのみこと》が降臨した時、乗ってきたと言い伝えられている鉄釜が現存しているそうです。小さい社をのぞくと、しめ縄が巻かれた鉄製の釜が鎮座していました！　思ったより大きくて、前澤友作氏がISSから地球に戻ってきたときに乗っていた帰還モジュールによく似ています。神様は宇宙人だったという説がありますが、アメノホヒノミコトもロケットか母船からこの釜のような物体に乗って海に落下してきたのかもしれません。鉄釜は、江戸時代に目撃された、海に浮かんでいて漂着した謎の乗り物「うつろ舟」にも似ています。みんなまとめて宇宙人、ということでいいでしょうか。だからこそ人間のように恋愛したり争ったりされるのだと思います。地球人よりは高度な文明で高次元なのだと想像しますが……。

伊邪那美命《いざなみのみこと》のお墓とされる比婆山《ひばやま》を車窓から眺めたあと、「国引き」の神話の場所にも立ち寄りました。「出雲　パワースポット」で検索しても出てこないようなディープなパワスポです。かつて八束水臣津野命《やつかみずおみつののみこと》という神様が、出雲の国の形が細長かったので、新羅《しらぎ》の方から余った土地を引っ張ってきて合体させた、という伝説があり、その継ぎ目のあたりの土地だそうです。それによって入り海だった宍道湖《しんじこ》が湖になったとか。地殻変動は裏では神様が糸を引いているのでしょうか。ハワイも日本に年8センチずつ近付いていると言われているので、神様に一気に引っ張ってきてもらいたいところです。

八百万の神が最初に集まる六所神社にもお参りしました。田んぼの中の細い迷路のような道を進んだところにあり、とても自分一人ではたどり着けない場所でした。今は田んぼでも、かつて奈良時代のはじめ頃には出雲国府という行政施設があった由緒ある場所です。住民がことあるごとに訪れていたのでしょう。その地に佇む「六所神社」は出雲の神々や全国の神々が集まる重要な拠点だそうで「出雲国総社」という表記がありました。ただでさえ空気が澄んでいる出雲で、さらに清らかな空気を感じます。敷地にコケが生えていて雰囲気のある神社で、出雲大社のような極太のしめ縄が飾られていました。また、こちらの境内では、木に細いしめ縄が巻かれていて、お餅などが供えられているのが目を引きました。これは「チイナマイト」と呼ばれるこの地方独特の風習だそうです。ワラで編まれたしめ縄は龍神や大蛇神を表していて、悪霊を祓うなどの霊験があるとか。出雲の国は龍神に守られています。帰りの飛行機もちょっと揺れたくらいで無事に羽田に帰還できました。

帰宅して就寝したら、その夜、出雲の神社で神様らしき小柄なおじいさんが隣にいた、というシーンを夢に見ました。神魂神社か、六所神社のどちらかで、神様がアテンドしてくださっていたようです。その時は見えず、無視して失礼してしまいました……。神様は小柄で、例の鉄釜にも乗れそうな感じでした。他にほとんど人がいなかったので、神様もたまたま暇で出てきてくださったのかもしれません。神々の国、出雲では龍や神様の気配を感じることができました。ゴチャゴチャして空気も汚れ気味の都会の神社よりも、神様は居心地良さそうでした。出雲は人間の世界と神々の世界が今も多重に存在している特別な場所だと感じました。人が少ないレアな神社ほど、神様はお願いごとを聞き入れてくださりそうです。今回、参拝時はただ自分の名前を心の中で伝えたくらいでほとんどお願いごとをしなかったのが悔やまれます。新型コロナの感染者数が増えるとともに人と会えなくなる、という繰り返しですが、そんな時は人の少ない神社にお参りしたり、出雲の神社の写真を眺めたりして、ディスタンスも関係ない神様との距離を縮めたいです。

2022年3月号

自販機で
ディスタンスショッピング

負のエネルギーが吹きだまっていそうな
秋葉原の自販機コーナーを利用したら……
運気が
急下降！
ずっと置いて
ある品物には
その場のエネ
ルギーが付着
してそうです
怪文書つき490円
反対に最先端のドリンク自販機では
できたてを購入できます
運気的に
巡りが良くなり
気分的にも
高揚します
裏に人が……
ブルーボトルコーヒー

２０２１年12月頃の感染状況はやはりひとときの安息だったようです。一日の都内の新規感染者が数十人だったのは夢か幻か？　と思うくらいオミクロン株の感染が急速に拡大。新規感染者が一日一万人を超えるとだんだん感覚が麻痺《まひ》してきますが、夜中にふと目が覚めて不安にかられたりします。もし感染していて誰かにうつしてしまったら、と……。やはり人と会うリスクをできるだけ減らすのが良いのかもしれません。今は、非対面・非接触に対応した自販機文化も発展しています。都内で、いくつかの自販機を巡りました。

ロボットやモバイルオーダーシステムを取り入れ、アップグレードしたドリンク系の自販機も増えています。例えば、原宿にオープンした次世代フルーツオレ専門店「The Label Fruit（ラベルフルーツ）」。前もってスマホでオーダーするのですが、フレーバーだけでなくラベルのデザインもカスタマイズできて、インスタ映えしそうです。ピーチ味をセレクトしてフルーツを増量などしたら１１５５円に。しかも受け取り時間を30分単位で指定し、その時間内に取りに行かないと、生ものなので廃棄されるそうです。当日は時間がギリギリになり原宿をひとりダッシュ。若者が集う映え系の店に走って飛び込んで店内の空気を乱してしまいました。ロッカーにスマホをかざすと、自分がオーダーしたドリンクが入っている扉が開く仕組み。高いだけあってフルーツオレはかなりおいしかったです。しばらく店内にいたのですが、ドリンクを補充に来る人の姿が見えず、大きなロッカーの裏側に人が入っているのかと妄想。裏動線がどこにあるのか謎でした。

新宿駅に期間限定で設置されていた「root C」というのも、無人販売で本格的なコーヒーが飲めるマシーンでした。まず、アプリをダウンロードして、コーヒーを選びます。「エチオピア　アリーチャ」「コスタリカ　ラ・メサ」「ホンジュラス　モンテシージョス」「ブラジル　セルタオ」などメニュー名が本格派です。ブランディングがしっかりしていて、価格も１杯４５０円とスタバ並み。でもこのマシーンはロボットがコーヒーを淹《い》れてくれるのです。昔からあるコーヒーの自販機との違いは、たぶん最先端のＡＩロボットとロッカー形式でしょうか。スマホをかざすとドリンクが入ったロッカーの鍵が開きます。中から淹れたてのコーヒーを受け取って飲むと、深みがあって高級なテイスト。ただ、最初アプリの登録法がわからず、近くにいたスタッフに話しかけて、近距離で「ここにパスワードを入れてください」と手順を教えてもらうことに。結局、密な距離で会話してしまいました。その時にスタッフに「この中に人が入っているんですか？」と聞いて軽く笑われたのですが、実際に人が中にいるパターンもあるのです。

渋谷のスクランブルスクエアを歩いていたら、BLUE BOTTLE COFFEEの新しいカフェスペースを発見。ふと見ると、ここも最近流行りのロッカー式カフェです。ドリンクをオーダーできる端末でメニューを選択。するとしばらくしておしゃれなロッカー内にドリンクが用意されているというシステム。一見無人で、人と接触しないで買えるシステムですが、ロッカーの裏側から話し声が……。背後でコーヒーを淹れているようです。それでも一切顔を合わさないというのがミステリアス。ホワイトコーヒーとチョコチップクッキーをオーダーし、しばらくしてほのかに光るロッカーから取り出しました。店内の椅子で、窓越しに銀座線ホームのチューブの屋根やエスカレーターの照明を眺めながらコーヒーを飲み、未来感に浸りました。人と接しないで、都会の孤独に浸ることが、最先端な気さえしてきます。ありがたいことに税率は8％になっていました。

また、ちょっと前に話題になっていたのが、丸ビルの地下にオープンしたクリスプサラダワークスの無人販売所「CRISP STATION」。六本木などで有人店舗を利用したことがありますが、かなりボリューミーで野菜不足の都会人には嬉しいサラダです。この販売所は冷蔵庫に並んでいるサラダから好きなものを持って行って、食べてからでも好きな時にモバイル決済すればいいという、性善説に基づいた「レジ会計不要」システム。平日の夕方に行くと、有人販売のデリに囲まれたスペースに黒くておしゃれな冷蔵庫が設置されていました。中にはサラダ十数個が並んでいます。「ダウンタウンコブ」「アーシーナッティクランチ」「スパイシーバイマイ」など、パッケージに名前や材料が書かれています。さすが丸の内で一個1180円。どれもおしゃれな響きでおいしそうですが、チキンかハム入りしかなく、肉を食べないので購入できず……。せっかく丸の内まで来て失意のまま帰ろうとしたら、周りのデリの店員が「いらっしゃいませ〜」と声をかけてくれて、有人の温かみを感じました。無人サラダスペースの頭上には監視カメラがあり、あとで調べたら内側にスタッフが待機していることもあるとか。自販機は、内側に人がいるのかいないのか推測する楽しみもあります。人がいるのなら、肉以外のシーフードのサラダも売ってほしいとリクエストしたかったです（現在CRISP STATION丸の内店は閉店）。

新宿の無印良品には店舗の外側に24時間利用可能な自動販売機「MUJI POCKET」が設置されています。人流が激しい新宿なので、できるだけ人と接しないで買い物できる自販機はありがたいです。キャッシュレス決済なのも安心です。行ってみると、おかきやかりんとう、メッシュバッグ、ステンレスワイヤークリップ、ハンドクリーム、コーヒーフィルター、猫草栽培セット、ボールペン、エッセンシャルオイル、ペーパーナプキンなど、一見脈絡ない品揃えですが、ピンポイントでたまたま必要なものがあったらかなり便利です。それぞれ買おうと思ったら該当フロアでかなり探さないと見つからない、細かい備品なので……。こちらでは120円のクラックプレッツェルを購入。

脈絡ない系の自販機といえば、以前から話題になっていた秋葉原のカオスな自販機コーナーがあります。「肉の万世」秋葉原本店の裏に、薄暗いお店があり、その中に自販機が密集しています。無人販売ですが、あらゆる場所に貼り紙や注意書きがあって、有人販売以上に店長に語りかけられているようです。店長は勝手に初老のおじさんだと想定。たとえば「警告 ここはトイレではありません。大便や小便をする人は、男女に関係なく、顔・股間の写真・動画映像を永久公開します」と黄色い看板に赤字で大書されていたり、「自販機に張り紙、いたずらやアートくずれの書き込みをするものは、指20本切り落とす」「この建物内にて、煙草《タバコ》喫煙禁止です。―中略―違反者には5250円を支払っていただきます」「領収書もうんこも出ません」「落書き、シールやめろ　金玉きりとるぞ」と物騒な注意書きがラベルシールで貼られていました。中には「すっぽんで2発、赤まむしで3発、4発目は空砲」「ムシュムラムラボール女の子と投げっこしてください」といった珍妙な言葉も貼られています。店長に直接言われたらセクハラになりかねないご時世ですが、勝手に読まされている分にはおとがめなさそうです。「節電営業中　福島で大変な御苦労されている人がいるのに、電気を粗末には使えません」「水のペットボトル　建物の中の自販機にて販売中　病気予防に水を」と気配りを感じさせるメッセージも貼られていました。わざわざ水が売られている、と明記していますが、こちらの自販機のラインナップは脈絡なさすぎです。クワガタのおもちゃは540円、ムシュムラムラボールという名称のゴムボールは290円、ミルクビスケットは990円、Nゲージは1500円、アザラシカレー1900円、おでん缶500円、と千代田区だからか高めの値段設定。みんなの鈴990円という、鈴がいくつか入っているケースもありました。酔っぱらっていたら買ってしまいそうです。自販機の商品はこんなに店長次第で自由に決めていいとは。一応カルピスウォーター100円、ネクターピーチ110円、などふつうの値段のドリンクも売られていました（取材時の価格で現在はいくつかの商品は値上げ）。

そんなカオスな自販機の中でひときわ特殊な波動を放っているのは、怪文書付きの箱。買わないと中身がわからない謎の箱に、店長の思いが綴られた文章が貼られています。その文面はというと……「東電柏崎《かしわざき》原発の問題。IDの不正使用、簡単に入られてはいけない施設。配管溶接不良の30カ所の錆《さび》発生―後略―」「ハリー杉山さん父親の介護、ヤングケアラー、わが身にかえて考えてください―後略―」といった社会派の文章も。いっぽう、「僕の友達は、芸人で努力はしたが、相方が泥棒で楽屋荒らしをして、先輩の芸人さんに半殺しにあい、コンビを解消したが、二発屋の芸人で終了した。ちなみに、アダルトビデオの男優さんは、アダルト組合によって、一日二発と決まっている。私は、一発で少ししか発射できない―後略―」と、読み進めたことを後悔させられる内容もありました。こんな感じでプリントアウトが貼られた謎の箱が490円とかで売られています。

おそるおそる490円のボックスを購入してみました。パッケージには、露出度の高い女子高生に苦言を呈する文章が。「女の子も節度がある衣料にしてもらいたい」「男は、目を閉じて歩くのが安全である」はあ、そうですか……。包みを開けると「ミニチョコバット5本入り」でした。1個108円で買えるお菓子が、おじさんのぼやき的な文章つきで490円に！　釈然としない思いで食べたら、しけっているような……。見たら賞味期限が「2022年1月7日」で、切れていました。やられたという思いでいっぱいです（その後、2023年以降は賞味期限が表記されるようになったようです）。いったいいつからこの場所に置かれていたのでしょう……。

ちなみにこの自販機コーナーに行って賞味期限切れのお菓子を食べてから、因果関係が不明ですがトラブルが発生しまくりです。仕事の日時を間違えたり、アップルペンシルが壊れたり、指を切ったり、投資信託が爆下がりしたり……。ネガティブな怪文書だらけで残留思念がうずまく暗い店内の自販機内に長い間置かれていたお菓子に負のエネルギーが蓄積してしまったのでしょうか。逆パワースポットだと戦慄。おしゃれな最先端自販機もあれば、近付いてはいけない自販機もある……。無人だと店員がいないぶん、無防備な状態で邪気を受けてしまう危険があることを学びました。今後は気が良さそうな場所の自販機を利用します。

2022年4月号

その後

コロナ明け前後から、また友人や知人に会う機会が増えてきそうだと思い、会ったときに渡すちょっとしたお菓子やお土産などを各地で買い集めていました。コーヒーを渡したら「実はコーヒー大好きです」など、相手の好みと合ったときは充実感が。いっぽう、会う人がいないままお菓子などが期限切れになるケースも多く、その場合は自分で消費しています。

秘密結社の館で
俗世からディスタンス

世界で暗躍する秘密結社と思わせて
かわいいエプロンのギャップ感に
萌えます
会員の方に「フリーメイソンって
モテるんですか？」と聞いたら
「モテません」と即答されましたが
人格者なので謙遜しているのかも
しれません

世間とディスタンスを置いている秘密結社の世界。中でもメジャーなフリーメイソンは、オカルト・スピリチュアル好きとしては一度はハマる分野です。フリーメイソンの関連本やグッズを買い求め、十年くらい前には、セドナから来たヒーラーに「あなたは過去世、薔薇《ばら》十字団やフリーメイソンのメンバーでした」と言われてテンションが上がった記憶があります。時が経ってからも、時々フリーメイソンアイテム専門店「STRANGE LOVE M」に行って、店長さんにメイソン豆知識を伺っていました。そんなある日、神谷町の東京タワー近くにあるフリーメイソン東京友愛ロッジでコンサートが行われて、一般客も入れるらしいという情報を入手。もともと石工《いしく》の団体が発祥ということもあり、基本、フリーメイソンは女性は入会できないので、一生行けないとあきらめていましたが……。当日にコンサートのことを知って、ダメ元で連絡したら当日券はあるとのこと（チケット代は1人5500円）。さっそく夜に神谷町に向かいました。

日本グランドロッジ（本部）の建物は、戦前、日本海軍士官の福利・厚生組織である水交社の本部ビルだったそうで、昔から様々なパワーが渦巻くスポットだったようです。家賃が高そうです。エントランスに入ってすぐ目に入ったのは、不穏な感じもするレリーフ。瓶を持った悲しい表情の女性の髪を、背後で鎌を持った老人がつかんでいます。足元には倒れている柱。あとで詳しい人に聞いたら、この絵の意味は上位メイソンにならないと教えてもらえないようです。これだけでも既に秘密結社感が高まりますが、会員はあまり秘密結社呼ばわりされるのを好まないとか。あくまでも、友愛団体、ということらしいです。闇で世界を動かしているというわけではなく、たまたま権力者や各国のトップの人が会員だから、そのような噂が流れているということらしいです。かつて陰謀論にハマった身としては、そうは言ってもドル札にしっかりピラミッドに目が入ったシンボルが印刷されているし、各国一等地にロッジがあるし、世界を操っているのでは？　と思いたくなってしまいますが……。

1776年、フリーメイソン会員だったアダム・ヴァイスハウプトが設立したのがイルミナティで、そちらが世界の陰謀に関わっていると言われていますが、もう存在していないという説も。イルミナティが闇の秘密結社なら、フリーメイソンは道徳的な善人が集う意識高い系結社のようです。

ピラミッドアイやコンパスに直角定規、といった石工の組合の歴史を感じさせるフリーメイソンのシンボルは普遍的なかっこよさがあり、つい惹かれてしまいます。エントランスのレリーフには、おそらく日本のグランドロッジの偉い人と思われる名前が刻印されていました。旧皇族で陸軍大将で政治家という全てのパワーを持っていたような東久邇宮稔彦王《ひがしくにのみやなるひこおう》や、鳩山一郎の名前もありました。今現在は日本の有名な政治家が入っているのか不明ですが、権力の残留思念を吸収できそうです。女性会員はいないのですが、受付をしていたのは女性スタッフでした。どういった経緯でここで働くことになったのでしょう……機密事項を知ることができそうで、求人が出ているなら応募したいです。

地下に行くと、壁沿いにガラスケースが設置されていて、見るからに希少価値の高そうなフリーメイソングッズや写真が並んでいました。参入儀式の際に使用されるエプロンや帽子、記念のお皿や楯《たて》、メダルなど。アメリカ合衆国建国の父、ジョージ・ワシントンの絵も各所に展示されています。ワシントンをはじめとしてジョン・アダムズ、エイブラハム・リンカーンなどフリーメイソンの大統領は大勢います。

そしてレジェンド音楽家も多数いますが、中でも有名なのがモーツァルト。今回、友愛ロッジで開催されるのは、モーツァルトの生誕を記念したコンサートなのです。35歳の若さで天に召されたモーツァルトの死因には、連鎖球菌による感染、リウマチ熱、カツレツに毒を盛られた、など諸説ありますが、フリーメイソンによる暗殺説も囁《ささや》かれていました。なんでもオペラ「魔笛」でフリーメイソンの秘儀をバラしてしまったのが一因だとか……。フリーメイソンの参入儀式には「死の試練」があり、「魔笛」にも死の恐怖を克服するシーンがあるそうで、オフレコ部分だったのでしょうか。でも、こうして生誕コンサートが開かれるくらいなので、円満な関係で暗殺ではなかったのでは？　という気もしてきました。

地下にはブルーを基調とした内装の神秘的なブルー・ロッジと、黄色いじゅうたんのスコティッシュ・ライト・ホールがあり、会場はスコティッシュ・ライト・ホールでした。後ろの壁にさり気なくマッカーサーの写真など貼られている、格調高いホールで、椅子のクッションが分厚くてフカフカなのが心地良いです。長時間の儀式の時には椅子の座り心地が重要です。天井を見ると壁の装飾に「REASON」「CHARITY」「NATURE」「IMMORTALITY」「INFINITY」などの単語が表記されていました。フリーメイソンの理念なのでしょうか。背筋が伸びる思いです。そして会場を見ると、露出度が高いファッションの女性からフィクサーっぽい男性まで幅広い客層ですが、時々フリーメイソンのロゴのバッヂやマスクなどを身に付けている人がいて気になります。フリーメイソンアイテム専門店の店長さんは、ロッジでは本物の会員以外、メイソングッズを身に付けてはいけない、という暗黙のルールがあると言っていました。ということは、リアル会員の方でしょうか。経済力がありそうに見えてきます。そこまで混んでいなくて、適度にソーシャルディスタンスを保てます。

配られたプログラムには今回の曲目（弦楽のための交響曲が3曲）と、日本のロッジのグランドマスターからの挨拶文も掲載されていました。

「同じくフリーメイスンだったヴォルフガング・アマデウス・モーツァルトの素晴らしい音楽を、この美しいホールでお聴きになることで、皆様にいっそうお楽しみいただければ幸いです。世界各国で、フリーメイスンは善良なる人をより善くすることに貢献しています。音楽には人間を豊かにし啓発する力があります」

一部抜粋ですが、こんな感じで校長先生のような格式高い挨拶文でした。そして、内部の人はフリーメイソンでなくフリーメイスンと発音することがわかりました。これも同士を見分ける暗号の一つかもしれません。

音楽監督でフリーメイソンのR氏が、演目を解説してくださいました。一曲目、「弦楽のための交響曲　ハ短調　K.406」はガーデンパーティのために作曲されたとか、管楽器より弦楽器の曲の方が儲かるからモーツァルトは弦楽のために曲を変えたとか。「弦楽のための交響曲　変ホ長調　K.614」「弦楽のための交響曲　ニ長調　K.593」はモーツァルトの晩年に作曲されたそうです。

前半はルーマニアでマエストロとして活躍している方が指揮棒を振り、後半は音楽監督が指揮。後半の方もマエストロだそうで、曲が終わった後、何度も胸に手を当てているのは、フリーメイソンの階級を表すポーズなのか、全てに意味があるように思えてきます。スピーディな曲や優雅な曲、ちょっと陽気な曲などモーツァルトの素晴らしい才能の波動を浴びた時間でした。素人からするとどれも超絶技巧に感じられて、演奏者の方々の才能にも圧倒されます。音楽監督の意向か、弾きながら立ったり座ったりする演出などあって飽きさせません。フリーメイソンは3という数字を重視していて、志願者がロッジの扉を3回ノックするしきたりがあるそうです。モーツァルトの今回の曲の中にも3つの音を意識的に使ったり、旋律を3セット奏でたりする部分があったようです。変ホ長調とかニ長調とか、素人からすると複雑な交響曲を作れる才能が驚異的ですが、フリーメイソンのホールで誕生日を祝うコンサートに行ったからか、モーツァルトの残留思念をキャッチできた感が。その日の夢の中で、モーツァルトっぽい存在が教えてくれたのは、核となるフレーズが降りてくると、それを繰り返しながら、全体の構成を作っていく、という方式でした。暗殺説についてまでは伺えませんでした……。

これまでフリーメイソンは神秘的かつ、特権的なイメージがありましたが、今回、コンサートを聴いたり、人格者っぽいメンバーの方々を見て、慈善精神あふれる、人間性を高める結社なのでは？　と改めて実感させられました。牧歌的で平和なキャラでないと、あのエプロンは似合いません。秘密の儀式が好きな、中二のピュアさを持ったエプロンおじさんたちの会なのかもしれません。終わらない放課後的な、大人になっても部活のような楽しさがありそうです。

入会に必要なのは社交性やコミュ力。入りたい人はロッジに通ってメンバーと交流し、全員にOKされないと参入儀式に進めません。人間性重視で、オカルト的な興味を持っている人や陰謀論マニアは避けられるそうです。儀式を行うためにはA4数十ページぶんのセリフを覚えないとならず、暗記力も必要です。また、儀式では「火の試練」「水の試練」などを経て死の恐怖に打ち勝たないとなりません。コミュ力不足で、暗記力もなくて、火と水が苦手な私はとても入れない結社だと思えました。というか苦手な要素だらけですが、本当に過去世、会員だったのでしょうか……。今世では、そもそも資格がないので入れませんが、ロッジに入って少しだけ秘密結社の空気を感じることができてよかったです。フリーメイソンロッジに行った、というだけで、しばらく周りにドヤれます。フリーメイソンに入ったのではなく、建物に入っただけですが、そのくらいの距離感がちょうど良さそうです。

2022年5月号

その後

東京メソニックセンターのビルは再開発で建て替えが決まり、日本グランドロッジはオフィスビルに仮移転したそうです。あの歴史ある荘厳な空間が解体されてしまうとは……惜しまれますが、秘密結社の空気感を大切に心の中にとどめたいです。

平和だった昭和に退行トリップ

昭和を思い出すスポットやイベントへ
キャンディ・キャンディ博物館で
キャンディ人形を抱かせてもらい……
結構重みが……
ヤフオクに出たら10万円スタートだという貴重な人形
昭和から活躍し続ける小泉今日子さんのコンサートへ
大人の三つ編み
昭和を追体験し、昭和への誇りがわいてきました。しばらくZ世代の顔色をうかがわずに生きていけそうですこのところ、昭和が「エモい」とブームのようです。昭和どころか平成も若者に「レトロ」呼ばわりされているそうで、平成というとだいぶ新しいイメージだったのですが……。令和にもなると昭和40年代生まれの私などは、もはや戦後生まれにカテゴライズされるのでは？　と思えてきます。昭和の記憶がまだあるうちに、若者に昭和のエモさを伝えられたら幸いです。平和だった昭和の後期に思いを馳せて現実逃避できるかもしれません。

先日、友人に教えてもらったのが、柴又に昭和レトロ喫茶があり、その上に「キャンディ・キャンディ博物館」という素敵なスポットがあるという情報。館長はキャンディ・H・ミルキィさんという女装家の草分け的存在。大昔何度か原宿などでお見かけした記憶がありましたが、令和になってもまだお元気に活動されているとは嬉しいです。

久しぶりに柴又に来てみると、柴又という街自体が昭和でした。駅前には寅《とら》さんと、妹のさくらの銅像が。帝釈天《たいしやくてん》の参道には、チョコバナナ、たこ焼き、だんご、鮎の塩焼き、せんべいなど昭和っぽいラインナップの食べ物屋さんが並んでいます。寅さんの腹巻き柄をプリントしたTシャツも売られていました。昭和の親がよく「お腹冷やさないようにね」と言っていたのをなつかしく思い出します。今はヒートテックのおかげでそこまで冷えずにすんでいます。「柴又ハイカラ横丁」という駄菓子屋さんもあり、ピンボールゲームや射的コーナーなど、エモさが渦巻いています。

しばらく歩いて道を曲がると昭和レトロ喫茶「セピア」が見えてきました。お店のロゴから看板のデザイン、色合いなど完璧な昭和感。クリームソーダやプリンといったメニューもなつかしいです。私の昭和時代は、親が厳しくて、クリームソーダを飲ませてもらったことはたしか一度もありませんでした……。年に一度、家族旅行でオレンジジュースを飲むのを許してもらうのが唯一の嗜好品《しこうひん》タイム。その反動で、今は毎日のようにカフェでラテを買いまくっています。子ども時代、抑圧しすぎないことが、大人になってからの浪費を防ぐように思います。

2階の「キャンディ・キャンディ博物館」に足を踏み入れると、これもまた少女時代に欲しかったけれど買ってもらえなかったおもちゃが大量に並んでいます。1970年代に「なかよし」で連載された珠玉の名作『キャンディ・キャンディ』は、私も漫画とアニメ両方ハマった世代です。ただ漫画は前述のように親が厳しく、コミックは買ってもらえませんでした。ピアノ教室に置いてあったものか、風邪をひいた時だけ母が「なかよし」を買ってくれたので、それで部分的に読んでいました。今は大人の事情で絶版になってしまっているのがもったいないです。館長のキャンディ・H・ミルキィさんは、世界中の人を感動させた『キャンディ・キャンディ』の復活・保存を願い、コレクション展を開催。柴又の地で博物館を開館させたそうです。

2階に上がると館長ご本人がいらっしゃって、他のお客さんに熱く解説する声が聞こえてきました。キャンディが最初に暮らしていた孤児院「ポニーの家」の模型を自作されたそうです。屋根の部分を作るのに長崎の教会を巡って参考にしようとしたところ、横に広くて真ん中に塔があるタイプの教会が見つからず、最終的には北海道の国鉄の駅舎が「ポニーの家」のスタイルに似ていることを発見したとか。アニメの最終回の絵は、赤い屋根が青になっている、といったマニアックな情報も教えてもらいました。模型は電気も灯ってかなりの再現度です。その周りに漫画本が並んでいました。連載されている時に広告が入っていたページを、コミック版ではどのように加筆しているか、など、実際に比べながら細かい違いも解説。改めて見ると、何十年経っても色あせないかわいい絵柄です。

そして館内には大量のキャンディ・キャンディグッズが。時計にかるた、定規、壁掛けボード、人形、掃除機、ミシン、食器、バッグ、自転車、タンバリン、そして文房具の数々。

「文房具は流行りすぎて禁止する学校もあったくらいだからね。おもちゃは高いけど文房具は買いやすいから」

文房具も買ってもらったことはなかった記憶です。キャンディ市場から隔絶されていたぶん、展示物が新鮮です。ミルキィさんによると、キャンディ・キャンディをプリントしたら何でも売れるので、メーカーの売れ残りのバッグにあとづけで絵を入れた場合もあるとか。

また、キャンディが着ているようなフリルのついたワンピースは当時の女の子の憧れだったそうです。

「こういう格好して小学校に行ったら当時の男の子はドキドキしたんじゃない？　好きだからわざといじわるしたりして」とミルキィさんが言うと、もう一人いたちょっと年上くらいの女性は「私も狙われましたよ〜。卒業式の時に『本当は好きだった』とか言われて」とモテエピソードを語り出しました。「でもいじわるされたら好きになんかならないですよね〜」昭和のアイテムに囲まれていると、記憶の彼方にあったできごとも、グッズのまとう空気や残留思念が呼び水となって、思い出されるから不思議です。私は「好きだから」ではなく、運動が苦手で弱々しかったので、石を投げられたり、蹴りを入れられたり、いじめられた思い出がよみがえってきました……。

またなつかしかったのは、昭和のジュース「チューペット」です。キャンディ・キャンディがパッケージにプリントされた「チューペット」もあり、「今日は医者が休みだから試食しない方が良い」と、ミルキィさん。40年以上前の砂糖水が棒状の容器に入っていました。大昔、食べた思い出がよみがえってきます。どちらかというと「パピコ」の方が好きでした。

キャンディが家の中にいて、ねじを回すと音楽と共に絵が変わるおもちゃや、映写機みたいなものをのぞいてボタンを押すと中の絵が変わるスライド式の機器などもありました。

「昭和はアナログなんだよ」と、ミルキィさん。先日、電車の中で幼稚園くらいの女の子が「ママ〜YouTube〜」と手を出してスマホを見せてもらおうとしている場面に遭遇し、時代の変化を感じました。いっぽうで小学生女子二人が道で歩きながらあやとりをしているシーンも見たので、デジタル化の反動でアナログに回帰したい、という流れもあるのかもしれません。両方経験している昭和育ちの大人は、この強みをどこかで活かせるような気がします。

他にも、「いじわるキャラのイライザのヘアスタイルは、『大草原の小さな家』のいじわるなネリーを参考にしていた説」「キャンディは実は不倫の子だった」「ステアは死亡率9割のフランス空軍に入って戦死した」などのキャンディ・トリビアを伺いました。結局あらすじは思い出せないままでしたが、昭和へトリップできました。イライザとネリーの話で、そういえば幼稚園の頃、髪をカールしてリボンを着けてる近寄りがたい女の子がいた、という記憶までよみがえってきました。

博物館にはキャンディ・キャンディの市販されていた体長90センチの人形や、体はオリエント工業のセクシー系ドールで顔だけキャンディ風に改変したものなどもあり、独特な存在感を放っていました。人形供養の寺から引き取ってきたというキャンディ人形は、ずっしりとした重みがありました。抱っこさせてもらい、あやしていたら、自分の昭和育ちのインナーチャイルドも癒され、慰められたようでした。昭和のおもちゃで昭和の人格が少し成仏できたようです。

しばらくして、今度は別の方向性から昭和を感じるイベントが。友人が小泉今日子のデビュー40周年コンサートに誘ってくれたのです。キャンディ・キャンディからキョンキョンへ。今もかっこいい女性の代名詞として支持を集めるキョンキョン。2階席から見ると、かわいさやスタイルは40年前と変わらず、アイドルとしてのオーラが半端ないです。今はソロのアイドルは成立しなくなってしまいましたが、80年代は単体でも十分人の心をつかめるカリスマアイドルが多数存在していました。

「私たちの関係をアップデートしたいと思ってここに来ました」と、来場者に語りかけるキョンキョン。最近、広末涼子がマクドナルドのCMで25年前の自分と共演し、変わらない秘けつを聞かれて「変わり続けることかな」と答えたシーンが心に刺さったのですが、キョンキョンも変わり続けることで変わらない域に入っているのかもしれません。

「The Stardust Memory」にはじまり、「渚《なぎさ》のはいから人魚」「夜明けのMEW」「艶姿《あですがた》ナミダ娘」などベスト盤のような豪華なラインナップ……しかも原曲キーで歌いこなしているのが驚異的です。近田春夫の前衛的な曲「Fade Out」ではパーカのフードをかぶって、ビリー・アイリッシュのようでした。歌姫として時代と共にアップデートしています。「私の16才」「夏のタイムマシーン」「潮騒《しおさい》のメモリー」「あなたに会えてよかった」「優しい雨」「なんてったってアイドル」「学園天国」など大ヒット曲だらけで、何百億円もの売上げが目の前を通り過ぎていくような錯覚が。金運にもあやかれそうなコンサートです。キョンキョンの声の魔力も感じました。経験値の高さと、アイドル性と、コケティッシュさが絶妙に混じった歌声には、憧れを抱かずにはいられません。これから、しゃべり声だけでも吐息混じりにしてみようかな、という思いがよぎりました。

ＭＣでキョンキョンが、深遠な発言をしていました。

「時間って前に進んでいると思われてるけど、横にもあるんじゃないかなって感覚がある」「今の私ががんばって一足進むと、20代、30代、40代の私もみんなで前に出れるんじゃないかな」

過去、現在、未来、全ての時間は同時に存在している……哲学や現代物理学、スピリチュアルの分野でも言われている説ですが、それを実感されているとは。今の瞬間の行動が、全ての瞬間に影響を与えるという、さらに踏み込んだ真理に気づきを与えられました。昭和も平成も令和も同時に存在しているのかもしれません。時間は流れているのではなく、同時に存在していると意識して、瞬間に生きることで、若さや声を保てるのでしょう。昭和を超越する方法を教えてもらったようです。
でも家で「優しい雨」をSpotifyで流してひとりカラオケしたら一回目で喉がダメになってしまいました……。切なさとエモさに浸りつつ、この挫折感が過去や未来に影響を及ぼさないことを祈ります。

２０２２年６月号

スピリチュアルな楽器で
ヒーリング

癒しの弦楽器「ライアー」のプライベート
レッスンへ
これ、何か
余興を
頼まれた時
にもいいかも
ポロロン。。♪
ポロン。。
練習しなくても即興でいい感じに
弾けてしまう素晴らしい弦楽器でした
心が傾きつつも
家のどこかにある
打ち捨てられた
弦楽器の存在が……
ライアーの音色で
成仏させられるでしょうか

世の中のニュースを見ても、自分のプライベートでも心が殺伐とすることばかり……。とくに米国株の暴落で、夢見の悪い夜を過ごしています。ある日、スピリチュアル系のディープな情報が集まるヒカルランドの「イッテル珈琲《コーヒー》」(神楽坂)で、コーヒーを飲んでいたら、「ライアー」という癒しの弦楽器があるらしい、という情報を教えてもらいました。コロナ禍で楽器を習う人が増えていると聞きます。老後のことも考え、何かしら楽器を習いたいと思っていました。演奏しながら自分も癒すことができたら最高です。

ライアーは「癒しの竪琴《たてごと》」と呼ばれていて、ドイツで音楽療法のために作られたそうです。ハープとか竪琴には憧れを抱いていたので心惹かれます。音色を聴くと瞑想状態になって癒されたり、人生が好転したり、様々な効果があるようです。

ライアーのことが気になっていたら、しばらくして、ヒカルランドのイベントスペースでライアー体験会があるというのを教えていただき、参加してみました。会場に行くと薄いブルーのドレス姿の天女のような女性たちがいて、同じくひとりの天女が前で演奏とトークを披露していました。ライアー演奏家として有名な先生のようです。先生ははじめてライアーと出会った瞬間「これは私の楽器」と直観したそうで、レムリアの過去生でも演奏していたとか。レムリアとは、高度な文明が栄えていたとされている古代の大陸。ムー大陸、アトランティス大陸、アヴァロン島と並ぶ幻の大陸の

1つで、レムリア人は精神性が高く、愛と調和に満ちていて、ヒーリングやチャネリングの能力があったとされています。過去生の中でも魂のエリートのようで憧れます。

演奏者の先生は、そんな楽園のようなレムリアの記憶を持っているようでした。

「レムリアの記憶が繰り返しやってくるんです。クリスタルのドームがありました。朝から花のエッセンスを吸収して、クリアな状態になってから、地球の波動に合う音を響かせていました」

まさに天国のような世界観。その時々に地球と宇宙に必要な響きを、ライアーに似た楽器で奏でていたそうです。先生は素敵なレムリアのエピソードの合間に、ポロロロン……シャララン……と高次元の音色を演奏。

「ライアーは不協和音がないんです。何も考えなくても、指が吸い寄せられるところに触ると、調和の音色が出ます」

先生は複数のライアーを台に置いて、上から開放弦をつまびいていました。メロディーを弾く感じではなく、即興的で、天界から降り注ぐ癒しのハーモニーのようです。そしてまたレムリアのエピソードトークのMCが……。

「レムリアの初期においては人類は半霊半物質のような状態でした。肉体にはあまり執着しておらず、肉体を通して遊んだり体験したりしたい時に、実体化していました。あまりにも簡単に向こう側とこちら側を行き来できて、霊の状態では食べなくても良いし、透明な体になれました」

半霊半物質、好きな時にモードを変えられたらかなり便利です。ただ、先生によると、ハイブリッドな状態は続かなかったとか。

「でも、創造主が、肉体を持ってこの地球で生きる体験をした方が学びになると思われて、私たちは肉体を維持する道を選びました。お腹がすいたら、他の命をいただかないと生きていけません。肉体になってから『エゴ』が生まれてしまったんです。でも、この楽器の音色を聴くことで、調和がとれていたレムリアの時代に戻れると、神様が教えてくれました」

このライアーは、バランスが崩れた今の地球の現代人に必要な楽器のようです。音色に耳を傾けていると、優しさの中に強さや鋭さも感じられます。また、先生の奏でるゆったりとしたメロディーは、宇宙のゆりかごのようでした。

美しい音を聴いたあとは、実際に会場のライアーを触ってみる体験タイムに。観客は数十名いたのですが、さっきまで平和な音色を聴いていたのに、我先にとライアーに殺到。私も乗り遅れまいと急いでライアーの近くへ。天女風の女性たちも、自らの私物のライアーを提供してくださっているようです。体の中心のチャクラにライアーを密着させている女性や、顔にくっつけている男性も。見ず知らずの人に、自分の楽器に顔をくっつけることを許すなんて、レムリアマインドの寛大さに恐れ入りました。

自分だったら、高い私物の楽器が人に触られたり、知らない男性に顔をくっつけられたりしたらと想像すると、ちょっとムリな感じです。これこそがエゴなのでしょうか……。低波動な地球人の自分を再認識させられます。聞こえてきた話によると、体にくっつけると自分の中に「空」を作れて、体に音を響かせることで免疫力や血行がアップするらしいです。私も天女みたいな方にライアーを体の中心にくっつけてもらい、チャクラに音を響かせてもらいました。弦楽器を体にくっつけて、良い効果があるなんて、部活でマンドリンを弾いていた中高時代には全く知りませんでした。むしろ足を組んで弾くので姿勢のバランスが崩れた気がしていました。もっと弦楽器の癒し効果を意識して奏でればよかったですが、ただあの頃はハードな練習や、なかなか上達しない自分のスキルや部活の人間関係に疲弊していました……。

ライアーの中でも「ソウルサウンドライアー」というタイプは「癒しと瞑想に特化した楽器」としてシュタイナーの理論で作られているそうです。シュタイナー学校の教員だったアンドレアス・レーマン氏が、この楽器の誕生に関わりました。スピリチュアル好きとしては「シュタイナー」という名前につい反応してしまいます。「ソウルサウンドライアー」は、弦の数が多く幅広い演奏ができる「グランドルフィン」、レミラシの4オクターブで構成され「高次の自己とつながる」というテーマを持つ「タオライアー」、魂が地上に降りる時のレラミシの音階で構成された「スターシード」、レミソラシの高音域の3オクターブで天使界、光の世界とつながる「ステラ」といったバリエーションが多数展開。新しい楽器も次々開発されていて、木を手彫りして自分の楽器を作る人もいるとか。でも買うと数十万円と結構いいお値段がするので、だいたい三日坊主に終わってしまう私には手が出せません（ウクレレもソファーの下に……）。

それでもまだライアーに後ろ髪引かれるものがあり、今回演奏していた先生が、ご自宅でマンツーマンレッスンをしているそうなので後日申し込んでみました。初回は90分で1万円。癒し効果もあるなら高くはない気がします。住宅街の中にある素敵な一戸建ての2階に伺うと、木製のライアーが並んでいました。有機的な形態のせいか、楽器というより生き物のような存在感です。先生はライアーと心を通わせることができるそうで、世界演奏旅行中にライアーが一台ロストバゲージに遭った時も、ライアーから大丈夫というメッセージが来たとのこと。「倉庫の中で女神会議をやってるから心配しないで」と、ライアー談。飛行機の倉庫には美術品も積まれていて、その美術品と交流を深め、無事に帰ってきた時はご機嫌だったそうです。そんな魂が宿ったライアーに、あとで何か言われないかちょっと心配です。

スピリチュアルな話が好きなのでつい「ちなみにレムリアの半霊半物質時代、トイレはどうしていたんですか？」とか聞いたら「そこ、気になります……？」と先生。

俗な質問をして失礼しました。「きっと肉体の状態になって排泄《はいせつ》するのも楽しんでいたと思いますよ」というお答えに納得させられました。

レッスンの最初に、下に置かれたライアーを軽くつまびいてみました。緊張感があるからか硬い音になってしまいます。ちなみにライアーの置き方によって「横弾き」「縦弾き」があるそうです。

また流派によっては、楽譜にそってメロディーを弾く奏者もいますが、先生は、即興で好きな音を体が赴くままに弾く、という演奏法のようです。開放弦のみで不協和音がなくて、何を弾いても雰囲気が出る、というのは画期的です。部活でマンドリンを弾いていた時は、細い弦を強く押さえて左手の指に水ぶくれができていましたが、何も押さえなくていいのがこんなに楽だなんて……。

先生曰く、「フルートやバイオリンをやっている方も、あとで自分の動画を観て、こんなに楽しそうに弾いている自分を見たのははじめて、とおっしゃいます」とのこと。

クラシックの楽器の人にとっては、練習不要で弾けるのが信じられないのでしょう。「息を吐いて、力を抜いて弾くといいですよ。はじめは1本の指で、慣れてきたら2本で弾いてみてください」

最初のうちはなぜか大正琴っぽい音になっていたのが、何度か自由に弾いていたら、ボロロロロン……と余韻が残る、それらしい音色が出るようになってきました。楽器に対する苦手意識やトラウマが解消されそうです。思えば音大附属の幼稚園時代から、楽器の習得が遅くて先生に叱咤《しった》されていました。子供時代、母の勧めでマリンバやピアノなどを習ったのですが、才能のなさを実感するばかりでした。でもライアーなら、練習不要なら、自分でもいける気がします……。

「練習をしなくても自然と弾けるようになって、弾くと褒められる。リラックスして楽しく弾けて、聴いている方も癒されて……本当にズルい楽器なんです」と、先生。

「ライアーのように、人生もムリしなくてもうまくいくようになるんです」

もしかしてライアーが弾けるようになったら、老後、老人ホームで時間をつぶせる以前に、一芸として身を助けてくれるかもしれません。先生のように世界演奏旅行……までは望めないにしても、お金に困ったら路上で弾いてドネーションを集めたり、音源データを売ったりとか、生活の足しになりそうな予感。楽器代の元もとれる気がします。ピアノやバイオリンは楽器演奏人口が多くて、頭角を現すことは到底無理ですが、マニアックなライアーなら注目度が……。と脳内で皮算用がはじき出されていきます。そんな思いが反映され、音が濁ってきたような。

「ライアーの音色は600年響き続けると言われています。心を込めて弾くことが大切です」

という先生の言葉にハッとしました。それは責任重大です。やはり志が高く、地球を良くしようという使命感を持った人が弾いた方が良いですね。しかしライアーという楽器との出会いで、将来の不安が若干軽減されたことは確かです。撮ってもらった自分の演奏動画を観ながら、ビジネスと癒し、現実と夢の間で揺れ動く日々です。

2022年7月号

自分の内側と向き合い
「SELF LOVE」を高める

「SELF LOVE FES」の内覧会で
いただいたサンプル商品の
中に話題の「ウーマナイザー」が……
持ち帰り中、大雨で
紙袋が破けて電車内で
「ウーマナイザー」が露出！
（吸引系
女性用トイ）
Womanizer
期せずして羞恥プレイ状態に……
「SELF LOVE」に対する心のブロック
が少し外れた気がします

人との交流や誘いが減るにつれ、誰からも求められていないような気持ちになって、自己肯定感がどんどんすり減っていくようです。そんなある日、ひとり時間を充実させながら自己肯定感が上がりそうなイベントを発見。ラフォーレ原宿で3日間に亘って開催された、その名も「SELF LOVE FES」です。LAで会社を経営し、クリエイティブプロデューサーとして活躍している友人、Mutsumiさんが仕掛けたイベントということもあって、楽しみにしていました。内覧会とオープンしてから、二回通ってしまいました。

イベントでは「SELF LOVE」をテーマにした物販コーナーや体験ブース、アート展示、トークイベントなどを展開。入り口前にはメッセージが書かれたボードが設置されていました。「SELF LOVEとは？」「『ありのままの自分を受け入れて愛すること』SELF LOVEは幸福を感じながら生きるために必要な『健康的な自己愛』です」「SELF LOVEがあると、どんなふうによくなるの？」「痛みから生まれる自己否定ではなく、成長へ向かうポジティブなエネルギーが湧き上がる」「自分を受け入れられることで、他者に寛容になれる」「自分を縛る固定概念やバイアスを解放しやすくなる」といった「SELF LOVE」問答が展示。自己愛にそんな効果があるとは。ただ、「HSP（ハイリー・センシティブ・パーソン）」傾向があるからか、もともと自己肯定感が低い私は、「SELF LOVE」によって得られるベネフィットが国民年金くらい遠いものに思えます。このイベントで少し高まると良いのですが……。

会場に入ると、マインドフルネスエリア、セクシャルウェルネスエリア、イベントエリアにわかれていて、おしゃれな空間演出でした。「セクシャルウェルネス」といっても、淫靡《いんび》なムードはなく、健康的でカジュアルです。「大人のおもちゃ」ではなく「プレジャートイ」という呼び名がおしゃれなのもイメージアップに。「セルフラブ・セクシャルウェルネスをカルチャーとして普及する活動を行う」がコンセプトの「LimLove」エリアに行くと、海外の珍しいアイテムが並んでいました。例えば「膣《ちつ》坐剤」。オーガニック成分が浸透し、保湿やホルモンバランスを整える効果があるとか。セルフプレジャーに使ったり、パートナーとのマッサージができたりする、固形タイプのモイスチャライザー「ボディストーン」は、ただの石鹼《せっけん》ではない存在感でカーブが気持ち良さそうです。エネルギーを回復する植物成分やヘンプ成分が入った「ウェルネスパッチ」は、おしゃれな湿布みたいなものでしょうか。こちらは普通に欲しいです。そして意表を突かれたのは「お風呂で楽しむプレジャートイ」です。バナナを縦半分に割ったような形の容器で、流しそうめんの竹にも似ています。スタッフの方に使い方を聞くと、股間に当たるようにお湯を流して快感を得るアイテムだとか。ユーモアとSELF LOVE、笑いとエロが共存できている珍しい品。気になりましたが、展示のみで販売していないそうでした。

こちらのブースで「LimLove」プロデュースの「SELF LOVE CARD」を入手。カードを一枚引いて、質問に答える、というシンプルなルールで遊べるアイテムです。ひとりで引いて自問自答するのも、友達やパートナーとカードを引き合って遊ぶのも良いそうです。さっそく一枚引いてみたら、「今、あなたは5歳です。何に興奮している？　何が嫌だと感じている？　いくつでもあげてみて。そして5歳の自分を思い切り抱きしめてあげて」と書かれていました。自分に問いかけると、5歳の自分が興奮していたのは「アニメ『一休さん』の、一休さんが折檻《せっかん》されるシーン」（密《ひそ》かにエロスを感じていました）、嫌だったのは「野良犬」（当時よく近所で遭遇）という答えになりました。5歳のいたいけな自分をイメージの中で抱きしめることで、少し自己肯定感が上がったようです。

会場には他にもセクシャルウェルネスを充実させるアイテムの数々が。「iroha」は女性向けセルフプレジャーアイテムを展開するブランド。有名な「TENGA」の女性向けラインです。デザインもさり気なくてかわいらしく、部屋に置いてもオブジェっぽく、人に見られても、Zoom会議で映り込んでも大丈夫そうです。中でも「iroha temari」という手鞠《てまり》風の和のデザインのものが素敵でした。見た目は奥ゆかしいけれどハイパワーモーターを内蔵しているとか。スタッフの方が、女性客に「この振動は肩こりにも良いですよ」とセールストーク。肩こり対策に、という体で買えばハードルが下がります。試しに肩に当ててもらったら、見た目よりもしっかりした振動で肩の奥のコリにアプローチ。この「SELF LOVE FES」を、夫とのレスに悩む女友達に教えたら、さっそく「iroha」で購入したようです。

マインドフルネスエリアにはCBD（大麻草からとれる健康やリラックスに良い成分）関係の商品や、体に良さそうなお茶、スイーツなどが売られていました。チルアウトすることで幸福度を高めることができそうです。CBDのバームなどを購入。このところCBD商品がかなり盛り上がっていてビジネスチャンスも感じます。

イベント期間、会場では様々な催しが行われました。ヨガやいけばな、SELF LOVEにまつわるトークなど……。2回目に伺った時は、ヨガ・瞑想インストラクターのニーマル先生とMutsumiさんのトークセッションを拝聴。

「SELF LOVEはユニバーサル」と、いきなり壮大な話題から始まったトーク。「もしあなたが愛を理解したいのであれば、まず非暴力っていうことを理解することが必要です。non violenceがLOVEなんです。自分に対してセルフラブ＝自分に対しての非暴力です」と、ニーマル先生はおっしゃいました。

自分に対しての非暴力？　一瞬、昔ドキュメンタリーで観た、壁に頭を打ち付ける佐村河内守《さむらごうちまもる》氏の姿が浮かびましたが、そういうことではないようです。例えば、仕事でもなんでもがんばりすぎたり、寝ないで働いたり、自分を二の次にして周りの人を優先してしまうことも、自分への暴力になってしまうとか。仕事が立て込んでランチを食べる間がなくてコンビニで買ったポテチを道端で食べたとか、そんな自分の行動も暴力に入ってしまうのかもしれません。

「自分に対してのリスペクトとか、自分に対して本質的なケアが必要なんですね」と、Mutsumiさん。

「ヨガのヴェーダの教えも、一番最初に、自分に対しては暴力はしないでください、と言ってるんです。自分を愛し、大事にしてください」と先生が言うと、Mutsumiさんも、

「自分のことを尊敬できなかったり大切にできなかったりすると、自分に対しての愛は受け取れない」と同意。

「皆、愛が欲しくて、外側を探してるんだけど、どこにあるかと言えば、自分の内側にありますね。外側にあるのはコンディショナルラブ、条件付きの愛です。内側にあるのは無条件の愛です」という先生の言葉にはハッとしました。

外側に愛を求めていたけれど、結局満たされない……でも、本当の愛は自分の内側から湧き出てくるものなのです。

「SELF LOVEとは自分の内側を旅すること。もっと良くなりたいから勉強したりとか自己啓発したりとかしても、苦しくなってしまう。それは外に探しているから。自

分の中を潜ってやっと愛を見つけられるんです」と言うMutsumiさんを、先生は「すばらしい」と賞賛。高次元の会話が繰り広げられています。

そんなMutsumiさんも、かつて「SELF LOVE」が足りていなかった時があったそうです。

「『SELF LOVE』がなかった時は、人のことが苦手とか嫌いとかよく言ってたんです。でも今は誰でも大好きですね。自分のことを愛せたからですね」

たしかに心が満たされていないと、周りの人の欠点ばかり目に付きます。

「内側の波動を整えると、それが相手まで伝わっていくので、まず自分の中でどんな波動を育てるか、ですよね」と、先生は答えます。たりしていると、相手に伝わって、ますますないがしろにされてしまう、という負のループを時々実感しています。一緒にいて自己肯定感が下がる男性こそ、最悪の下げ○ン、と思っていましたが、そもそも自分で自分のことを下げていたのかもしれません。

「宇宙は、愛のもとに動いています。太陽の中、月の中にも愛を感じてほしいです。ユニバーサルラブの次元まで上がっていただきたいです」と、先生の詩的なお言葉が。

自分や周りの人を愛するのが難しかったら、太陽や月、宇宙に愛を送ってみたいです。猫やイルカ、パンダにはすぐに愛を送れそうです。

最後に、先生は「SELF LOVE」に導かれる瞑想について教えてくださいました。朝起きてベッドの中で深呼吸しながら「I love myself」「I respect myself」「I care for myself」と唱えるそうです。すると温かいバイブレーションに満たされるとか。「私は自分を愛します」と日本語で宣言するのは気恥ずかしいですが、「I love myself」と英語なら言いやすいです。実際やってみると、朝から英語をつぶやいたりして自分が有能な人間なのでは？　と錯覚し、自己肯定感が微増しました。今回、アイテムを入手したり、話を伺ったりして勉強になりましたが、いきなり「自分を愛する」のはやはり難易度が高いので、まずは「自分を好きになる」ところから始めたいです。

2022年8月号

メタバースで迷子体験

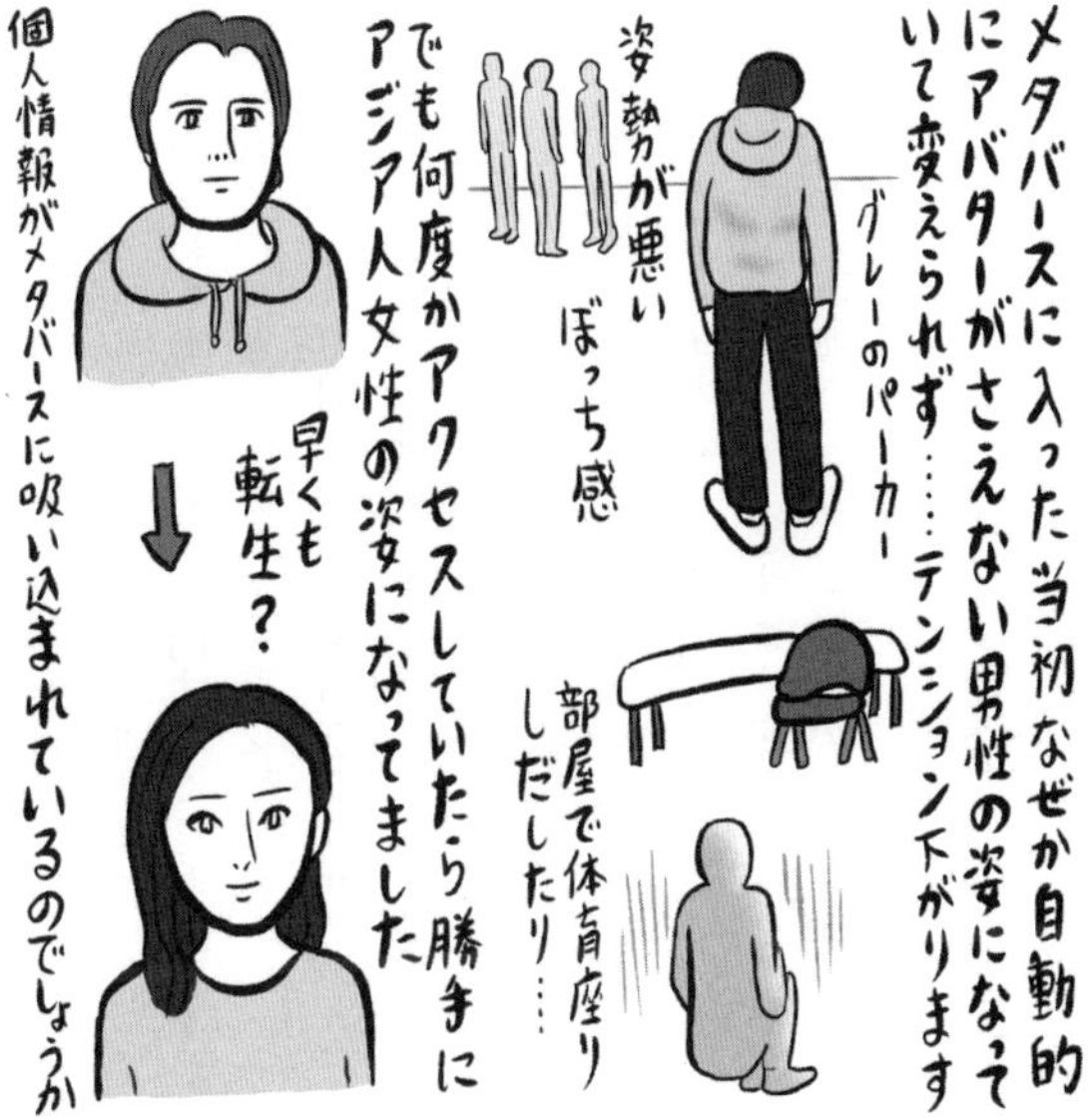

メタバースに入った当初なぜか自動的
にアバターがさえない男性の姿になって
いて変えられず……テンション下がります
グレーのパーカー
姿勢が悪い
ぼっち感
部屋で体育座り
しだしたり……
でも何度かアクセスしていたら勝手に
アジア人女性の姿になってました
早くも
転生？
個人情報がメタバースに吸い込まれているのでしょうか

どこにも遠出する予定がない夏、コロナ禍は収まらず、円安が進み、エネルギー価格が高騰。ますます海外が遠くなってしまいました。例えばアメリカでは消費者物価指数が上昇し、22年6月には前の年の同じ月と比べて9・1％も高くなっているようで、物価高が止まりません。NYでは朝食が７０００円することもあるとか……。また原油価格高騰の影響でどこへ行くのにも燃油サーチャージが爆上がりしていて、例えばJALで欧米行きの場合（22年8〜9月）片道で4万７０００円。安いエアチケットを探しても結局高くなってしまいます。また、ヨーロッパに行く場合は、ロシアのウクライナ侵攻の影響で航空機がロシア上空を迂回《うかい》しなければならないので、飛行時間が数時間は余計にかかってしまいます。それに加えヨーロッパの空港はコロナ禍で人員を削減した影響でスタッフの数が足りておらず、ロストバゲージが多発しているとか。空港に大量のスーツケースがあふれかえっている写真を見て戦慄しました。ヨーロッパには一度も行ったことがないですが、ますます遠くなります。今はどこにも行かず、家にこもって「アメリカ　物価」とか「ヨーロッパ　ロストバゲージ」とかで検索している日々です。

そんな時はどこでリフレッシュすればいいかというと、「そうだ、京都行こう」と祇園《ぎおん》祭の3年ぶりの山鉾《やまほこ》巡行を見物したいところでしたが、すごい混雑で依然として感染の危険を感じるので断念。こんな時は「そうだ、メタバース行こう」というのが一番安全かもしれません。今まで様子見だったのですが、世間のメタバース推しの圧が高まってきたので、参加しなければという気持ちになってきました。メタバースとは、コンピュータネットワークの中の3次元の仮想空間で、アバターの姿で社会生活を送ることができます。「Facebook（フェイスブック）」が「Meta（メタ）」に社名変更したのも話題になりましたが、日本の内閣府も「ムーンショット目標」を公式サイトに掲げて、仮想空間での社会の実現が進んでいるようです。「ムーンショット目標1」の「2050年までに、人が身体、脳、空間、時間の制約から解放された社会を実現」って、ほぼ死後の世界では？　という気もするのですが……。以前からバーチャル空間の霊界っぽさが気になっていました。どこか空虚な茫漠《ぼうばく》とした広がりの世界に、人間のシルエットが見えたり、花が咲いていたりといった彼岸の光景が、覚えていないけれど死後の世界のようです。でも、メタバースにはブランド店なども続々進出しているというし、メタバースで仕事する人もいるらしいので、乗り遅れないようにしたいです。

しかし「メタバース　やり方」で検索しても具体的によくわかりません。VRヘッドセットを買う必要があるのか、Facebookのアカウントが必要なのか、専用のアプリがあるのかなど、不明な点だらけで、早くもメタ難民になりそうです。いつもアクセスしているインターネットとは、別の次元にある世界なのでしょうか。そういえば、

2003年頃にアメリカで「Second Life」という、メタバースの先駆けみたいなバーチャル空間がありましたが、そちらはまた別の次元になるのでしょうか。今でも細々と存続しているようですが……。人類は次々と節操なく仮想空間に世界を構築していっています。

ネットをさまよううちに、「メタバース体験会」というものを見つけたので申し込んでみました。必要な人にはZoomでサポートをしてくれて、過去に参加した人は100％メタバースを体験できている、とのこと。まず体験会に参加するにあたって、アプリをインストールする必要がありました。メタバースに入るには「プラットフォーム」と呼ばれる種類のサービスに登録しないとならないとか。この体験会が推奨しているアメリカの「Spatial（スペーシャル）」というプラットフォームにアカウントを作りアプリをダウンロードしました。プラットフォームは他にもいろいろあって、調べたら「Decentraland」「Enjin Network」「The Sandbox」といったものが人気のようです。

そして迎えた体験会当日。まず、Zoomのリンクがわからなくなってしまい、この時点で10分ほど遅刻。急いでZoomにつないだら、体験会のスタッフにSpatialのメタバース内の共有スペースのアドレスに誘導されました。スマホでSpatialを立ち上げてみたのですが動きが遅い上、音声が聞こえません。急遽《きゅうきょ》iPadでアプリをダウンロードし、つなぎましたが、共有スペースに入ろうとするとなぜかすぐ落ちてしまいます。「すみません、入ったんですがすぐに抜けてしまいます」と伝えて何度かトライ。一瞬つながった時にスタッフの方が「回線が不安定で入れない人がいます」と私のことを説明しているらしき声が聞こえました。これまで、参加者は100％メタバースを体験できたそうですが、私がはじめての脱落者になってしまう可能性が……。

焦っていたらZoomごしにスタッフの方が、「Zoomと同時にやると回線が不安定になるのでZoomを終了してみてください」と教えてくれました。不安ながら終了。Spatialを立ち上げると、やっと共有スペースに入ることができました。しかし、早くも乗り遅れた感が。他の体験会参加者が集まって談笑している姿が見えます。データが重いのか、ダウンロードできるまで、自分も他の人も最初シルエットで見えているのがまた霊界っぽいです。行きたい方向をタップすると、移動できる仕組みのようですが、3Dデータが重いからか動きが遅いです。

「シェアスクリーンはどこ？」という子どもの参加者の声に対し、お母さんが「ここのところを押してみて」と言うのが聞こえました。意識高い親子が参加しているようです。

また、回線の速度が足りないのか、共有スペースからはじき出されてしまいました。参加しては、データ容量的に落ちる、というのを繰り返し、断片的にメタバースに参加。

　さきほどの少年が、メタバースの有効活用法について大人に話しているのが聞こえました。「人が今、解決したいことを聞くみたいな」「メタバースはコンサルティングやカウンセリングにとても向いてるんです」と、スタッフ。使い始めるや否や、メタバースの活用法をひらめくなんて、将来有望すぎるお子さんです。心理的安全性が確保されて、プライバシーが守られているメタバース空間では、自己開示が起こりやすく、カウンセリングに適しているそうです。

　一方私の方は、なかなかつなげることができず、スタッフの方に心配されているようです。

「聞こえますか？」

「通信環境がギリギリっぽい」と、またもや私のことを言っているような会話が遠くから聞こえてきたので、

「はい、聞こえています」と声をあげました。

　それにしても、自分のアバターがさえない男性、というのが気になります。登録した時から勝手にグレーのパーカーを着た猫背の男性に設定されていて、タップして変えようとしても、ページがフリーズしてしまいます。こんな姿では、気が引けて人々の輪に入っていけません。なぜか姿勢も悪く覇気がなくて、メタバースでのアバター

が自己肯定感に影響しそうです。

体験会のスタッフが、下のアイコンをタップすると手を叩いたり踊ったりできると教えてくれました。パンパンという手拍子が聞こえてきます。どこでアバターの衣装を取り揃えたのか、体のラインが露《あら》わなタンクトップにタイトスカートの女性が、「楽しい〜」と言いながら体をくねらせて踊っていました。皆さん仮想空間でもリア充で楽しそうですが、一抹の仲間外れ感が。そういえば霊界でも、気の合う者同士、同じ波長同士が集うと聞いたことがあります。将来の霊界での自分の姿を想像してしまいました。

勇気を出して「この地面の玉みたいなものはなんですか？」と聞いてみました。いくつかある円形のフレームの中に景色が映っています。

「タップするとそこに行けるんです。せっかく来たので楽しい所に行ってみましょうか」

スタッフの男性のナビゲートで、異世界への入り口をタップしてみました。

すると、画面が移り変わってドバイにいました。ドバイの「エクスクルーシブルペントハウス」というゴージャスな建物の中にいて、外に出ると高層ビルの間の空中に人々が浮かんでいます。まるで幽体離脱のようです。どこからかジャズが流れてきました。遠くから会話が聞こえて、英語も混線しています。さっきまで一緒にいた体験会の人々はどこに行ったのかわからず、はぐれてしまったようです。

しばらくうろうろしていたら、画面が真っ黒になって、アプリが落ちたのか、メタバースからはじき出されてしまいました。

何度か入ろうと試みたのですが、自分の部屋みたいなスペースには入れても、ドバイには行けず……。まだ早い、ここに来るレベルに達していない、と言われたようです。

共有スペースに行くと、体験会の人々は既におらず、ただ一人だけ。一人で踊るアイコンを押して踊ってみたり、拍手してみたり、誰もいないウッドデッキの椅子に座ってみたりしました。静寂が漂う空間で孤独に浸りました。あの世はこんな感じなのでしょうか……。メタバースのおかげで、何となく死後の世界の感覚に慣れそうです。淋《さび》しさと裏腹に、通信のデータが重くて負荷がかかっているのか、iPadがやたら熱くなってきました。メタバースの消費電力や環境負荷についても考えた方が良さそうです。

以来、何度か自主的にメタバースにアクセスしていますが、イケてる感じのおしゃれな部屋や音楽イベントに入ろうとすると、またはじき出され、アプリが落ちる現象が度々発生。メタバースでのステージを上げないと入れない世界があるのでしょうか。

海の日には、メタバースの海辺に佇んでいたら、後ろの方から知らない男性がパンパンと手を叩いてきました。何で犬みたいな呼ばれ方を……と思いましたが、さえないアバターなのでこのような扱いをされるのは仕方ないのでしょうか。結局メタバース内でも表面的な見た目が重要なのかもしれません。やり方がわからないのですが、ブランドショップでお金を払ってアバターの身なりを整える必要がありそうです。そして太い回線、ネット環境の拡充もマストです。お金もエネルギーも仮想空間に吸い込まれていきます。

メタバース内の自分の部屋で一人体育座りしていると、この世もメタバースも全部空だと思えてきます。メタバース内で一人瞑想、という活用法を見出《みいだ》しました。

2022年9月号

その後

メタバースですが、意外な活用法を発見。夏に何かにとり憑《つ》かれたのか心身の調子が悪い時期がありました。肩が重く、頭痛や吐き気に襲われ、「苦しい苦しい苦しい……」という声が頭の中で響いたり、さらには翻訳アプリで何も話していないのに勝手に「苦しい」と入力されていたことも。そんな重苦しい日に、秋葉原のメタバースイベントに行き、ゴーグルを装着していくつかメタバースを体験。没入して出てきたら肩が軽くなっていたのです。もしかしたらメタバースに霊を置いて来た、ということかもしれません。霊を封じ込める場としてメタバースの可能性を感じました。
「メタバース除霊」についてこれからも検証していきたいです。

老体でフジロックに参戦

全然旅行してないので、どこかに行かせてください！ そんな心の叫びが天に通じたのか、新潟県に行けることになりました。苗場で開催されるフジロックに、仕事で行くというありがたい機会が。フェスの中でも上級者向けで、アウトドアやキャンプの経験がないと行けないと思っていました。悪天候にも臨機応変に対処でき、道に迷わず方向感覚がしっかりしていて、キャンプ用品を一通り揃えていて、テントも設営できる……そんなサバイバルスキルの持ち主が参加できるフェス、という印象が。何年もフジロックに行っている人に、必要な持ち物を聞くと、「長靴もしくは登山靴」「ポンチョ」「折りたたみ椅子」「帽子」「ネッククーラー」といったアイテムを勧めてくれました。帽子と雨用の靴とコンビニで買ったレインコート、折りたたみ椅子などは用意できます。「とにかく山道で延々歩くことになるから」「山の天気は変わりやすくて、急に大雨になって地面が川になることもよくある」と言われ、ただの音楽フェスではない、ハードな展開が待ち受けている予感がしました。

でも、フジロックには他のフェスでは得られない達成感があるそうです。富士山に登ったことはないけれど、フジロックは行ったことがある、そんな誇りを抱いて生きていけるかもしれません。

1日目の早朝、通常よりもかさばる荷物を持って新幹線に乗車。東京から越後湯沢までは意外と片道6000円台。新幹線では関西方面ばかり行っていたので、安く感じられます。車内を見ると、登山に行くような服装の人が多いような……。麦わら帽子をかぶっている場合ではないかもしれません。日焼け対策かアームカバーやレギンスを身に着けている人も多数います。出かける前に「フジロック　ファッション」で検索すべきでした……。とりあえず新幹線内で公式サイトのプログラムを検索し、7月29日は「ヴァンパイア・ウィークエンド」「ジョナス・ブルー」「ハイエイタス・カイヨーテ」、7月30日は「ジャック・ホワイト」「フォールズ」「ダイナソーJr.」など、観たい洋楽アーティストの名前を書き出しました。会場内では通信回線が混み合っていて、そのあと私のスマホからは公式サイトにつながらなくなるなんて、この時は全く予想できませんでした。格安SIMだったからでしょうか……。

2020年の中止、2021年の国内アーティストのみの出演、といった異例の事態を経て、3年ぶりに海外アーティストを招聘《しょうへい》した2022年のフジロックは、「音楽と自然、そしてコロナとの共生」をテーマに開催。感染防止対策としては、周辺に人がいない場合をのぞいてはマスク着用が推奨され、消毒液も場内各所に設置されます。感染対策以外にもフジロックならではのルールがあり、全てのエリアにおいて傘禁止、というのは、視界を遮るし、風で飛んだら危険、という理由のようです。大人としては日傘を差したいところでしたが、帽子と日焼け止めサプリでなんとかすることに。

フジロック会場では、interfmの番組の企画で「ヒマラヤンVOICEスペシャルLOVE & PEACE 2022 from Naeba」と題した公開収録を3日間にわたって午前中に開催。OASISエリア内のオフィシャルラジオブースで、ヒマラヤ聖者、ヨグマタ相川圭子さんと、ゲスト出演者の方々とご一緒させていただきました。いつもは大雨に見舞われがちだそうですが、ヨグマタさんが滞在されている間は雨が降らなかったというのにも聖者の霊験を感じました。初日は加藤登紀子さんとヨグマタさんのカリスマトークが展開。遠くのステージから流れてくる爆音に、ヨグマタさんが「ロックってこんな感じなの？」とつぶやかれると、加藤登紀子さんが「ステージ前から離れると、バランスが狂ってベースなんかは聞こえなくなっちゃう。近くで聴かないと」とプロのコメントをしていました。私は、これがフジロックの演奏か……と感慨に浸っていました。同年代のお二人はたたみかけるように格言を放ち、平和への思いを語ったり、健康について話したり、高次元のトークが展開していました。その後も3日間、猛暑なのに疲れも見せず、穏やかな表情で、ラジオのブースで格言を連発していたヨグマタさんに圧倒されました。「チャンティング」といって、インドなどで神様に捧げる歌のコーナーも。この時は、フジロックの1日目は自分のひとりチャンティングで溜《りゅう》飲《いん》を下げることになるとは思ってもみませんでした。

午後、時間ができたのでフジロックのコンサートを聴きにいこうと思いました。他の関係者は忙しそうなので、基本、ひとり行動です。ホテルからOASISエリアまではラジオの車で行き来していたので、会場まで自力で行けるか不安です。というか、無理なことがわかってきました。エコロジー意識が高いフジロックは、ペーパーレスで、地図やプログラムの紙の配布もないし、貼られてもいません。でもそのかわり各々のスマホの電力は使いますが……。回線の混雑で公式サイトにつながらず、とりあえず栄えていそうな場所を目指して歩いていきました。途中、キャンプエリアを通りながら、過酷な環境でキャンプできる人の体力にリスペクトの念を送りました。キャンプエリアの近くに小さいフードコーナーがあったので休憩。しかし牛タンとか牛すじ丼とか肉メニューが多いです。魚のピタサンドを見つけて食べることができました。その後、コンサートが行われているエリアに行こうとしたものの道がわからず、暑さも厳しいので、いったんホテルに戻ってまた出直そうとしたのですが、通れないエリアが多く、1キロほど遠回りする羽目に。駐車場を通りすぎながら、千葉や品川、横浜、川口など関東ナンバーの車を見つけて、長距離ドライブした上にテントも設営できる人は超人的な体力だと驚嘆の念を禁じ得ませんでした。

夜になって涼しくなったので、メモしておいた海外アーティストのコンサートを観たいと思い、また数十分ほど歩いて入場ゲートへ。ジョナス・ブルーはWHITE STAGEですが、自分がいる場所も、WHITE STAGEとの位置関係も全くわかりません。

夜になって暗くなると、ますます道を見失い、歩いていたら巨大なモニターに外国人が演奏している姿が映し出されていました。この人が誰なのかも、どこで行われているのかもわかりません。今日はこのモニターと、遠くから聞こえてる音もれであきらめよう、でないと遭難する、と予感し、はてなき道を断念。このフェス、生き物としての生存能力などが試されます。ジョナス・ブルーも、ヴァンパイア・ウィークエンドも、全てあきらめました。ホテルに戻り、ラジオ収録で歌ったチャンティングをひとりで唱えました。この日のメモには「配信でいいのでは?」と書かれています。夜遅く、ホテルから一番近いPYRAMID GARDENエリアでの加藤登紀子さんのステージだけ拝聴。そのあと車で都内に戻られる予定だそうで……体力に驚きました。毎年のようにフジロックに出演することも体力づくりになるのでしょう。

2日目の午後、ホテルの裏側にもカフェがあることを発見し、そこでフライドポテトを食べていたら店員の男性に「お姉さん、テントに泊まってるの?」と話しかけられました。アウトドア要素のない服装に違和感を抱かれたのかもしれません。思わず、半ば救いを求めたい気持ちで「地図がないし何もわからなくて、どこにも行けないんです!」と訴えたら、「ハハハッ」と笑って行ってしまいました。

今回、仕事でご一緒している方々が、夕方少し時間があるそうで、ステージ近くまで連れて行ってくださることに。ついに救いの手が……ありがたいです。自分にとってはもはや別の世界線の、ステージが集まる奥のエリアへ。「ここがRED MARQUEEで、屋根があるので雨が降ったら避難して。一番大きいGREEN STAGEの奥にはWHITE STAGEがあって、ボードウォークという森の中の道が素敵なのでおすすめ」と教えてくれて、「フジロックで仏」のようです。仕事があるということで、またひとりに。

この日はジャック・ホワイトを観たいと思い、WHITE STAGEを目指しました。前の出演者がまだパフォーマンスしている中、後ろにしゃがんで待機。40分ほどそのまま待ちましたが、なかなかジャック・ホワイトが始まる気配がありません。時間的にはそろそろ音のチェックとかしているはずなのに……。もしかしたら、ジャック・ホワイトという名前だから、てっきりWHITE STAGEに出ると思い込んでしまっただけで、違うステージなのでは？　と気付きました。大物なので大きいGREEN STAGEかもしれないと思い、道を戻りました。といっても森の中の道など通ってかなりの距離感が。川のせせらぎを聞く余裕もありませんが、マイナスイオンは吸収できたかもしれません。

GREEN STAGEでは、おしゃれな海外のミュージシャン数人が演奏していました。そもそもジャック・ホワイトのことをよく知りませんでしたが、きっとボーカルの彼がジャック・ホワイトなのでしょう。モニターに大きく映し出されるヒゲの生えた顔にはジャック感が漂っていました。ジャックのパフォーマンスはエモーショナルで、後半はステージを降りて観客の間を歩きながら演奏。感染者数が多い日本で……その勇気あるロックな行動に痺《しび》れました。ジャック・ホワイトのあとは、WHITE STAGEに戻り、90年代に人気を博したオルタナティヴ・ロックバンド、ダイナソーJr.の演奏を拝聴。ボーカルの白くてフワフワしたロングヘアがかわいかったです。と、だんだんフジロックでの余裕が出てきました。しかしその後、ホテルとは逆方向に行ってしまい、道に迷ってスタッフに助けを求めたら「アプリをダウンロードしてください」と電波の通じにくい山奥で言われて、もうムリかと思いましたが、歩き回っていたらなんとか帰り道を見つけることができました。

次の日、ついにジャック・ホワイトを観たと、周りの人々に感動を吹聴《ふいちょう》。しかし、改めてジャック・ホワイトを検索すると、昨日の人と顔が全然違うしヒゲも生えていませんでした。欧米人はヒゲの生えるスピードが速いのかと自分を納得させようとしましたがどうも違和感が。帰ってから、フジロックに行っていたという人に説明したら、どうやら私が観ていたのは「フォールズ」というバンドだったことが判明。でも、ドラムは偶然ジャックという名前でした。さらに、「ジャック・ホワイトを観た記念に」とSpotifyでダウンロードしたのは、よく見たら「ジャック・ハーロウ」という全然違う人で、会場で「ジャック・ホワイトがいる！」と思って撮影したのは確認したら全くの別人でした。ジャックの幻影に翻弄された数日間。時間、場所、名前、全てが間違っていたという、フジロック初心者のミラクル体験です。もしかしたら違う世界線にいたのかもしれません……。多次元的で難易度が高いフジロックを攻略したくなってハマりそうです。

2022年10月号

究極のソーシャルディスタンスは
自問自答

高次元の存在にお悩みを相談できる
お茶会へ……
歯医者で口を開けるのが苦手
なんですが……
気持ち悪くなるとイメージすると
そうなってしまうので、打ち消す
イメージを作りなさい。
例えば口を開けたら睡魔
が襲ってくるとか
なんでも即答してくれて…AIより
も彼らを頼るべきかもしれません

先日、ある編集者から、「明日、奈良からすごい女性が来てお茶会をするので参加しませんか？」というお誘いがありました。頭の中で考えていることや誰にも言ったことがないことを当てられ、悩みに対してその場で明快な答えを出してくれるそうです。もしお茶会で、いろいろ秘密にしていたことが明るみに出たら……と思うとちょっと躊躇《ちゅうちょ》します。

「あまりにも当たりすぎると怖いのでちょっと……」と言うと、「それがすごくポジティブにはげましてくれるので、怖いとかはないですよ」と、編集者のYさん。急遽、翌日のお茶会に参加させていただくことになりました。

場所は品川のホテルのカフェ。なんでも当てるサイキック系の女性、と聞いていたので、ふくよかで貫禄《かんろく》ある霊能者風の女性を想像していたら、想像より若くて地に足がついている感じの美女でした。自己紹介のやりとりをして、その濱田《はまだ》さんのプロフィールも伺いました。講師として活動したのち、心理とコミュニケーションのコンテンツを開発。日本マインドワーク協会の代表理事としてコンサルティングなどの仕事をしているそうです。そうこうしているうちに、他の参加者も集まってきました。私を入れて5人の男女が、今回のお茶会に導かれてきたようです。

「心理学コンサルとして、まじめに仕事をしています。そのいっぽうで、ご縁があった方だけに個人的な活動をしているんです。このお茶会は8年くらい前からはじめました」と、濱田さん。自分の特別な能力に気付いたのは幼少期だったそうです。

「小さい頃から耳のいい子供でした。人が考えていることが、しゃべっているみたいに聞こえたんです。なんで人って言っていることと思っていることが違うのかな、って不思議に思ってました。心の中はポジティブな人が多いのに、なんで違うことするのかな、って」

皆同じ能力があるのかと思っていたら、5歳の時、どうやら自分だけと気付いてショックを受けた濱田さん。人にこの力があることを言えなくなっていったそうです。

「本を読めば、人の心の声が聞こえなくなる。私にとって本は大音量のライブみたいなもの。周囲の声が聞こえなくてすごくラクになるので、学校の行き帰りも食事中もいつも本を読んでいました」

大人になるにつれ、力を調整できるようになって、今はざわざわ心の声の気配を感じても、集中して聞こうとしないそうです。いい感じの雑音になっているとか。

「人の心の声が聞こえるだけでなく、心の中で質問したらどこからともなく答えがもたらされます。それがこのお茶会になっているんです。ただ、いつなくなってもおかしくない才能なので、この力に頼ってビジネスをする気はありません」と、現実的な濱田さん。信頼度が高まってきたところでお茶会が始まりました。

「参加者がひとりずつ順番に私に質問していきます。私はそれに答えていくのですが、私が答えているわけじゃない。聞こえてくることを言っているだけです。私は意味がわからないで答えています。私にとっては聞こえてくることはリアルですが、当たっているかわからないまま伝えています。リスキーですが、当たっていると言われたり、解決したと喜ばれたりすることもあります」

ラジオのチューニングをするような感じで、バチッと合ったら声がよく聞こえてくるそうです。その平和な存在からの言葉を、濱田さんが翻訳して質問者に伝える、という流れのようです。自問自答のハイアーセルフというか、高次元版でしょうか。究極のソーシャルディスタンスかもしれません。

最初に、まじめそうなメガネをかけた女性が質問。自分のやりたいことがよくわからない、とのことですが、しばらくチューニングしたあと濱田さんは、

「これは多くの人によく起きることです。本来の声を聞くよりも、周囲の声ばかり聞いていると、自分のやりたいことを見失ってしまうことがあります。あなたは本当は豊かに生きたいんですよね？　豊かさの定義をはっきりさせていなかったかもしれません。人が言う豊かさの定義にすり替えてしまっていたようです。意味わかります？」

「なんとなくわかります」と、その女性。周りの人に頼まれたことをこなすうちに、それで忙殺されてしまっていたそうです。

「あなたはあなたに、そこから抜け出す許可を与えてください。人の体験にはステー

ジがあります。一つの体験をしたら次に上がっていくのが成長です。自分の中にスペースを空けない限り、豊かに生きることはできません」

明確な高次元からの答えに、他人事ながら納得させられます。お茶会の参加者皆思い当たるふしがあるのか、自分も含めてうなずきながら聞いていました。

「自分の番の時はよくわからなくても、人の時だけめっちゃうなずく、これがこのお茶会のおもしろいところなんです」と、濱田さん。

「人の話の中に気付きがあるんです」たしかに、私も、物理的にも内面的にもスペースを空けなければいけないと思っていました。

続いて、隣に座っていたキャリア系の女性の質問に。

「自分の価値観と会社の価値観、どうすり合わせればいいのか悩んでいます」

「あなたの会社は柔らかくならないけれど、あなたの自由は認めている。彼らが恐れているのは、あなたが離れていってしまうこと。道なき道を作る時は試行錯誤がつきもの。あなたのように自由に生きたい人は後ろにもつらなっています」

「うーん……うん！」と、その女性は何か腑《ふ》に落ちたようでした。

続いていよいよ自分の番です。まず、濱田さんに聞いてみたかったのは、不思議な声の主について。

「聞こえているのは高次元の声なんですか？」

「考えたことはなかったです。ハイアーセルフなのか宇宙なのか。ただいろいろな声があります。その中で平和でプラス思考の声につないでいます。ちょっと違うところにつながると、ああしろこうしろと命じてきたり、批判したり、平和じゃなくなってしまいます」

チューニングして、平和で愛に満ちた局（次元？）につないでいるようです。私の周りには他にも、いろいろな神や宇宙人の声が聞こえるという人がいますが、彼らは神様にどこどこに行って儀式しろと命じられたとかミッションを与えられた話をしている印象です。もしかしたらあまり平和じゃない局にチューニングしてしまっているのかもしれません。

続いて相談したかったことは、人が放つエネルギーの影響を受けやすい、という悩みです。例えば、友人と会っているうちに吐き気に襲われたりするのは、邪気にやられたからでしょうか。そんな悩みについて、高次元のお答えは……。

「あなたは人に対して境界線が薄いです。自分のことをわかってもらいたい、という思いが強い人と会うと、疲れるでしょ。それはエネルギーに酔ったみたいな状態です。邪気、と思った瞬間にそれは邪気になります。名前を付けたら、そういうものになってしまう。言葉を使う時は気をつけた方がいい。それなので、乗り物酔いくらいに思った方がいいです」

高次元のシンプルだけれどわかりやすい答えにハッとしました。自分で勝手に、この人に邪気を送られている、と決めつけてしまっていたようです。

「イメージの中で人のエネルギーを避ける方法もあります。例えば壁がある、と想像したり、アロマやハーブを使ったりしても良いでしょう」

些細《ささい》な悩みに対して、高次元は優しく、高尚な答えを返してくれる。つい頼りたくなって、「メールやLINEの返事がなかなかもらえないと不安になってしまうのですが……」と、人間関係のちょっとした悩みを相談してみました。
「あなたは人より繊細でアンテナが細やかです。これは特徴なので、まず、自分が繊細なのを受け入れましょう。あなたの普通と相手の普通は違うことを理解しましょう。考え方が違うと受け入れることで落ち着いて、前より振り回されなくなります。そういう相手には、はっきりと、どうなりましたか、とか返事ください、と言っても良いでしょう。鈍感な人は聞かれても傷つきません」

つまり、鈍感だったりメール無精だったりする人に、スピーディな返事を求めてもムダ、ということですね。高次元の存在の言葉に心が楽になりました。友人たちから1週間以上返事が来ないことが多く、もやもやしていましたが、このお茶会をきっかけに、前より振り回されなくなっていきました。

続いてまた次の参加者さんの質問タイムになりました。「お酒を飲みすぎてしまうのですが、酒量を減らすにはどうしたらいいのでしょうか？」というYさんの人間的なお悩みに、高次元の答えは……。

「お酒に対してネガティブなイメージがあり、悪いことをしているって思うと酒量は増えます。飲み過ぎていい日を作ればいいよ、って（声が）言ってます。自分の意識を『健康な人』に書き換えていく必要もあります。自分の状態が健康だと思うと、健康な情報がどんどん入ってくる。とりあえず自分に暗示をかけてみてください」

「わかりました」と、Yさん。それにしてもこの即答ぶり、AIスピーカー以上です。そのあと、仕事上のトラブルについて相談すると、「あなたのテンションが下がるのが問題なので、専門家に任せなさい」と、またもや的確な助言が。そして、そこまで好きじゃない人に尽くされている、という女性の悩みには「ありがとう、と喜んで感謝を示しましょう。そして、違う意味の愛情を感じている、と伝えましょう」と、平和な対処法が示されました。

　この究極の自問自答はどこからくるのでしょう。濱田さんに改めて聞いてみると、

「心が平和になるのは、私たちからのエネルギー。不安や焦りを伴うのはエゴのエネルギーです。神様、宇宙、ハイアーセルフ……人によって呼び名が変わりますが、ただの名前だから。何次元かと聞かれますが、定義付けしたい人の考えです。私たちはどこにでもいます。男性や女性、子供、いろんな側面があって、声も変化しますが、

平和なトーンは一貫しています」

「私たち」ということは、何かの集合意識なのでしょうか。でも、この平和なバイブレーションとつながると、しばらく、音叉《おんさ》が揺れるみたいな感じで共鳴し、2週間ほど良い波長をまとえるそうです。高次元の存在は、無償で人に答えを授けてくれて、まさに神です……。

「自分が納得するような生き方ができるように、声を参考にしていただきたいです。いつかは自分でも聞けるようになって、依存度を低くしてもらえれば……」

とのことで、最終的にはセルフ自問自答を目指したいです。さっそく家で試してみました。「今日のランチはスコーンを食べようかと思っていますが、健康的には良くないでしょうか?」「罪悪感なく食べれば大丈夫ですよ」……やはり、ただの自分の心の声なのかもしれません。しかし、外に出ると自然と足が健康的な定食屋に向かっていって、高次元のアテンドを実感。彼らの誘導に身を任せる人生も楽でいいです。

2022年11月号

「感染対策 EXPO」で「withコロナ」の現状を知る

勧められるままに水素吸入機を体験
適正な血中水素飽和度を維持できます
暖かくなってきました
その後、次亜塩素酸水のミストを浴びまくりました
H-O-Cl
シュー
体の中で新たな化合物ができそうな……
人体実験感も楽しいEXPOです

ロックダウンが厳しすぎる中国、そして同調圧力が強すぎていまだにマスクが外せない日本……。世界の「withコロナ」の基準からズレているアジアの民として、今の感染対策の状況を知りたくて、「感染対策EXPO」というイベントに申し込んでみました。

当初、会場は東京ビッグサイトだと思っていたのですが、サイトをよく見たら幕張メッセなことに気付き、都心からのディスタンスに気が遠くなりました。まず、東京駅の京葉線のホームが遠いです。早くも世の中からの隔離感を味わいながら、海浜幕張駅へ。久しぶりの地だったので、迷いながら幕張メッセへ。広大なメッセの中、どこで「感染対策EXPO」が行われているのかもわかりません。案内メールにも「会場：幕張メッセ」としか書かれておらず……。またこの週は、EXPOが乱立していたようで、メッセ前の看板には「オフィス防災EXPO」「総務サービスEXPO」「HR EXPO」「働き方改革EXPO」「福利厚生EXPO」「法務・知財EXPO」「PR EXPO」「健康経営EXPO」「ガーデン&アウトドアEXPO」「農業資材EXPO」「畜産資材EXPO」などの案内が。あらゆるジャンルでEXPOが展開されているようです。EXPOのハードルが少し下がりました。目的の「感染対策EXPO」は、大きなくくりでは「メディカル ジャパン 東京」の一環で、他に「病院EXPO」「クリニックEXPO」「次世代薬局EXPO」「介護&看護EXPO」と同時開催のようです。さらに「法人会全国

大会　千葉大会」という謎の大会も大々的に行われていました。多数のイベントが開催されている中、「感染対策 EXPO」の看板はメッセに入ってやっと出現したくらいで、感染対策のために、わかる人だけにわかるようにして来場者を絞っているのかと思うほどでした。

やっと会場に到着して、予約していたセミナー会場に向かったのですが、あまりにも広くて内部で迷ってしまい、時間がどんどん過ぎていきます。やっとセミナー会場の入り口に到着したもののQRコードがなかなか表示できず、やはりEXPOは生半可な気持ちで訪れるところではないと思わされました。

ステージでは「人生100年時代を歩き切るために」というテーマで「予防医療普及協会 理事」堀江貴文氏、医師の小林洋平氏、平川和男氏などが講演中でした。一見硬い肩書きでわからなかったのですが、ホリエモンそっくりな人がトークしていると思ったらご本人でした。感染対策というよりも「メディカル ジャパン 東京」としての講演のようで、人工関節やヘルニアなどの話で盛り上がっていました。ホリエモンが人工関節に興味を持っている、ということと、でべそがきっかけでヘルニアに気付いた、というホリエモン情報を知らされました。後半、ホリエモンは健康診断へ行かない人に罰則規定をもうけられないのか、という不穏な提案をしていて、居心地が悪くなってきました。ホリエモンの挑発的な姿勢にあおられて、同席のまじめそうな医師も、「海外では手術した後でもすぐ歩かせるけれど、日本の病院で歩かせないのは、医者側が怖いからです。でも歩かないと血の巡りが悪くなって感染症も起きやすくなります」などと、裏事情を語っていました。ちなみにホリエモンおすすめの健康法は、とにかく歩いて筋肉を付ける、ということだそうです。

刺激的だったトーク会場を出て、本日の目的である「感染対策EXPO」のコーナーを目指しました。しかし天井から下がる看板を見ても「病院EXPO」「クリニックEXPO」「介護&看護EXPO」しか目視できず……。他のジャンルも見学しながら会場を巡りました。

「TOYOTA」の、病院や介護の現場で活躍するモビリティーは、注目度が高く人が集まっていました。曲線的な形のロボットが、人に近付いて心拍数や呼吸数などのデータを計測するそうです。さっそく前に座って数十秒間測ってもらったのですが、何も表示されず。スタッフに「結果がうまく出ません。条件が悪かったのかもしれません」と素っ気なく言われてしまいました。この日は試練続きで、精神的にもソーシャルディスタンス感が高まります。「介護&看護EXPO」に迷い込み、咀嚼《そしゃく》が困難な人用の、舌でつぶせる惣菜《そうざい》の缶詰のブースで試食。蓮根を舌でつぶせることに驚きました。また、通りすぎた海外のブースで「生殖医療サポート　精子選別」というシビアな貼り紙があったのも気になりました。

海外のマスクメーカーのブースも。今でもマスク生活が続いている日本は大切な輸出相手国です。中国のマスク工場のＶＴＲを見たら「巨資を注ぎ込んでクリーンルームを構築しました」と、どこか中国語直訳調のナレーションが。よく安売りされている中国製のマスクが、意外にも最新設備のクリーンで巨大な工場で大量生産されていることを知りました。マレーシアのサージカルマスクブランド、「empro」などはデザインも性能も良い感じでした。ウイルスを除菌する素材でできていて、ウイルスまみれのテーブルに置いても安心だそうです。ひもの部分が黒いのがおしゃれです。イタリアのマスクブランド、「AIRPLUME」は赤、青、蛍光緑など原色でど派手。豹《ひょう》柄のマスクもありました。日本のメーカーでは、仮面ライダーなど戦隊ものの口の部分を不織布にプリントしたデザインのものが目を引きました。コロナ禍が長期に及び、マスクもその国ごとに進化しています。

気付けばシームレスな感じで、感染対策ゾーンに入ったり出たりしていたようです。地震体験車の看板に隠れるようにして「感染対策 EXPO」の看板が。新型コロナウイルスの感染対策といえば、次亜塩素酸水です。あちこちのブースで噴霧器が稼動し、次亜塩素酸水の白いミストが放出されていました。「エリミーナ」という商品のブースで話を聞くと、次亜塩素酸水噴霧器は、広範囲でウイルスや菌を除去し、消臭効果もあるそうです。

「吸い込んでも害はないんですか?」「全くないです」とのことでした。かすかにプールの塩素の匂いが漂います。

「次亜塩素酸水溶液が世界を救う」という壮大なフレーズをかかげたブースもありました。知らないうちにたくさん吸い込んでいそうです。

次亜塩素酸水以外にも、除菌できるアイテムが豊富です。「光触媒」はウイルスを分解する働きがあり、フィルターをエアコンに装着するだけでも使えるとのこと。建物の壁などをコーティングすることもできます。カタログによると、過酸化水素を主成分とした「ペラサイド」は、短い時間で芽胞形成菌を殺菌。次亜塩素酸より環境に優しいとか。知らないうちに殺菌テクノロジーは進化していたようです。ちなみにアクリルボード系のブースは見かけませんでした。食べ物や衣服を病室まで届ける「配膳&案内ロボット」という、さり気なく役に立ちそうなアイテムも。

そしてコロナ禍で普及したものといえば、検温器です。「世界初!クチナカ検温」のブースには、口を開けて計測する機械が展示。最も体温に近い検温ができるとか。マスクを外し口を開けなければなりませんが、測ってみたら36・9度。おでこで35度台で油断していたら、口の中は高温とかもありそうで、こちらが導入されたら、実は37・5度だった、という人が多出する可能性が。京都のメーカーが開発した「美しい検温消毒器」というキャッチフレーズの機械は、黒くてスタイリッシュで開口部に手を入れるデザイン。京都の神社仏閣にも似合いそうです。

　会場内を歩いてたどり着いたのは、健康食品のブース。独特なテンションの男女がポジティブヴァイブスを振りまきながら、何かの粉らしき商品を宣伝しています。圧が強めのおじさんに「この製品はレッドブルよりはるかにすごい！　ドイツの研究機関が30年かけて開発したもの。ビタミンや酵素を粉末にして、溶かして飲みます。人間はビタミンだけ飲めばいいものじゃない。吸収するための酵素も必要なんです」などと熱弁されました。

　おじさんは、その粉を水に溶かして、試飲させてくれました。ちょっと薬っぽいジュースのようなテイスト。

「お姉さんが万が一婦人科系に問題あれば、飲んだ後しばらくして子宮のあたりが熱くなるよ。痔《じ》の人は肛門《こうもん》が熱くなったり。パフォーマンスが悪いところや体の弱いところに、必要な栄養や酸素がブワーッと届けられるようになってるから」

　そんな検査キットのようなドリンクを飲んでしまったとは、緊張が走ります。

「病気の種類って何種類あるか知ってる？　２４００種類。そのうちお医者さんが治せるのはたった30種類しかない。そして全ての病気の原因は、酸欠。酸欠で血流が悪くなってミトコンドリアが不活性化してエネルギーを作れなくなると、病気になりやすくなる。でも、これを飲めばミトコンドリアが活性化するから」

そう聞くとだんだん欲しくなってきますが、どこで購入できるか聞いたら会員にならないと買えないとのことで、特殊な販売経路のようです。

「お姉さん、どこから来たの？　名刺を渡しておくから」

お姉さんと何度か言われたことと、謎の粉の効果が相まって、ミトコンドリアが活性化してきたようです。なぜか首がすごい熱くなってきて、鏡を見たら首が真っ赤に。体の弱い部分が首だったのでしょうか……。

コロナウイルスへの心配や不安を軽減できるイベントだと思ったら、他の健康不安が浮上。医療ビジネスの攻めの姿勢を感じます。コロナ禍が収束しても、また新たな感染症に向けて開催が継続されそうなイベント。さらになぜか地震体験車や防災用品ブースまであって、あらゆる不安があおられます。人は不安なしでは生きていけない、「with不安」生活を連綿と続けているのかもしれません……。

２０２２年12月号

2023年

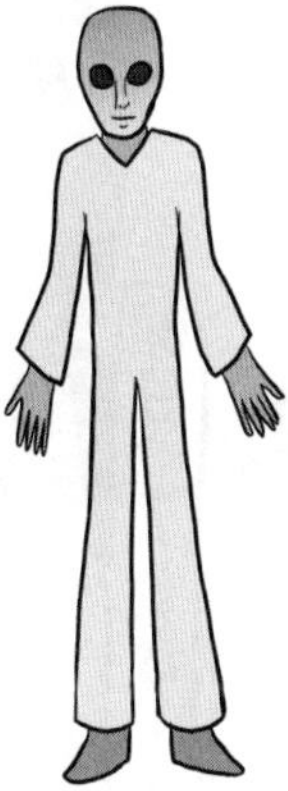

タクシーの値上げで心理的ディスタンス

タクシー料金が値上げされるそうで
それならその分、何か情報を得たい
という気持ちが……
今回お話を聞いたタクシー運転手、ユキさんが乗せたお客さんとは逆のセコい考えです
ここはバスも通ってますか?
明日の天気は……?
4000円でお釣りいらないから

光熱費や食品、衣料品に日用品、あらゆるものが値上がりしている昨今。ついにタクシー料金も値上がりすることが発表されました。コロナ禍による客の減少や燃料費の高騰なども影響しているそうです。東京23区などのタクシー料金が約15年ぶりの値上げとなり、初乗り料金は420円から500円に、加算額も「233メートルごとに80円」から「255メートルごとに100円」になって、運賃は約14%アップ。

これまでもなかなか乗れない贅沢《ぜいたく》サービスだったタクシーからますます遠ざかってしまいそうです。ソーシャルディスタンスを保てて換気効率も良いタクシーは、コロナ禍では安全な移動手段の一つでした。

これからは徒歩やバス、電車を駆使しながら、時々、疲れた時など自分へのご褒美的にタクシーを利用することになりそうです。タクシーはゴージャスな気分になれるだけでなく、個性的な運転手さんと出会えるというオプションもありました。観光地で乗ったタクシーで、知られていないパワースポットを巡ってもらったこともありました。逆に微妙な体験もありますが……。

値上げを知る数日前、盛岡に行った折にタクシーに数回乗車しました。その時に意表を突かれたのですが、年配の運転手さんに目的のカフェの名前を言っても通じないのはしかたないとして、「盛岡市材木町2丁目の……」と、住所を伝えようとしたら軽く怒られました。「住所言われてもわかんないから」、と。では住所以外何を言えばいいというのでしょう……。その運転手さんはカーナビにも入力せず、無線でタクシー会社に連絡して、女性スタッフに住所を伝えていました。すると「それは○○の近くですよ」と、運転手さんが知っている施設の名前が伝えられ、運転手さんは場所をつかめたようです。前日に乗った別の年配の運転手さんも、住所を言っても聞こうとせず、いきなり当てずっぽうで走り出しました。なんとか途中で渋々ながらカーナビに入れてもらったのですが、土地柄によって運転手さんの性格にも違いがあるのでしょうか。盛岡のタクシー運転手さんは自分の脳内ナビを重視しているのかもしれません。

タクシーについて思い巡らしていた先日、友人とのイベントの仕事の時に運転してくれたのが、普段タクシー運転手をされているという男性でした。せっかくの機会なので、タクシーについて話を伺いました。値上がりしたらなかなか乗れなくなるので、しばらくはタクシーのメモリーに浸りたいです。

そのタクシー運転手さんは幸範《ゆきのり》さんという名前で通称ユキさんと呼ばれています。

「一昨日は売上げ7万9000円もあったから、日収4万円くらい。タクシーはもうかります。歩合制だから固定給のハイヤーよりも稼げる可能性がある」

コロナ禍でタクシー業界は大変だと聞いていましたが実は実入りのいいお仕事のようです。白手袋で紳士然としたハイヤー運転手さんより稼げる場合があるとは意外でした。先日、テレビでタクシー運転手さんにおいしい店を聞く、という企画の番組を観ましたが、老舗和食店とか山奥のピザ屋とか、結構高級そうなお店に行っていて、経済的な余裕を感じさせました。

ちなみにユキさんの前職は水道工事の会社のあと、俳優業、バーのマスターなどをやっていたとか。運転も人と話すのも好きでタクシーは適職のようです。芸能の仕事をしていたからかトークもうまいです。話題は最近乗せて印象的だった客のエピソードに……。

「この前新宿の歌舞伎町で乗ってきたのは、金髪の若いお姉ちゃんと、見たらわかる大学病院の院長先生。2人で後部座席でイチャイチャしだして。それでまず、院長先生の大豪邸に着いて、そのあと先生に言われた彼女の家の住所まで行ったんです。そしたら『私の家はここじゃない。あの先生には本当の住所は教えてないし、私には彼氏が5人いる』って。『彼氏は60代とか70代、私は元吉原のソープ嬢で、今はIT企業で働いてる。当時のソープのお客さんの会社に誘われて』みたいな話を打ち明けられて、運転手さんと話せて楽しかったからお釣りはいらない、って。そんな感じでごはん代がもうかることもあります」

歌舞伎町は景気が良くて気前が良いお客さんも多いのでしょうか。後部座席での濃厚接触はバックミラーで見えているとのことでした。人々の煩悩を乗せて走る夜のタクシー。また、ちょっと前にはこんな一件もあったそうです。

「ゆきぽよみたいな可愛い子が手を挙げてて、横には小太りのおじさんがいた。乗る前にキスしたりイチャつきだして『俺の大切な人だからお願いします』って男性に4000円渡された。『どこ行きます？』って言ったら、『この辺をゆっくり一周してほしい』って。彼女はこのあとホストクラブに行きたいそうなんだけど、さっきの男はキャバクラの客で、『あいつキモいんですよ。アフターのお客さんで超キモくて。私がちゃんと帰ったかあいつずーっと見張ってるから怖いんですよ』という話で。『じゃあ姫は俺が守ります』って言ったら『ウケる～』と笑ってた。タクシー料金は820円だったけど、4000円でお釣りはいらないって言われ、『じゃあ、あのクソ野郎のお金で遊びに行ってきます』ってありがたくいただきました」

その男性もちょっと気の毒ですが、お釣りはいらないと言わせてしまうのはトーク術のなせる業でしょうか。タクシー料金が値上がりしたら、話術とか人脈、情報など付加価値を持っている運転手さんが重宝されそうです。

有名人を乗せることもあり、ある政治家の先生を乗せた時は名前を知っていたことで相手に感動され「これお弁当代」とチップをもらったとか。逆に、人気の俳優を乗せた時は「〇〇さんですよね？」と言っても「いやよく似てるって言われるんですよね～」とはぐらかされたそうです。「イケメンだったけどあんまり身長高くないよ」

と率直なコメントが。

タクシーの運転手をやっていて「女って怖《こえ》ぇ」と思うことが多いというユキさん。男性連れで、1人になった時の女性の本音を聞けるのはなかなか貴重な機会です。

いっぽう、女性を救った経験も……。幽霊を乗せたことはあるか聞いたら、よく聞かれると言いながら、こんなエピソードを話してくれました。

「埼玉の川越街道を通っていたら、夜遅く真っ暗な中、雨でびしょ濡れの女性が手を挙げてた。ヤバい、幽霊？　って思ったら、フィリピン人の女の子で、ありがとう、ありがとうってお礼を言われた。彼女はブルブル震えてて、彼氏の家まで乗せて、優しそうな彼氏がお金を払ってくれた。フィリピンパブの宿泊所から逃げ出した女の子らしい。タクシーは人助けすることもあるんだよね」

それはホッとするエピソードです。この川越の女性がなかなかタクシーをつかまえられなかったように、都内でも下町とかでタクシーを待っていても一向に来ないことがあります。それについてユキさんに伺うと、タクシーの事情を教えてくれました。

「下町の外れは基本的に流しのタクシーはあまりいないですね。タクシーは昼間なら霞が関、芝大門、汐留、夜は新宿、渋谷、六本木、池袋、新橋といったところの周りをドーナツ状にグルグル回ってる。江戸川区とか足立区は迎車で呼ばないと……」とのことで、乗る人が多い所にタクシーは集中してしまうようです。なかなか来ない所こそ、お客さんに感謝されて充実感が得られそうなものですが……。

また、私は短距離で乗ると申し訳ないと思ってしまい、実際に距離が短いとタクシー運転手さんの機嫌が悪くなったりして気を使うのですが、ユキさんに言わせると、それはセンスがない運転手だとのこと。

「距離が短くてもどれだけ多く乗せられたかが重要だと思ってます。1日10人短距離の客でも、いっぱい乗せられたら未来が見える。その中にロングの客もいるかもしれないし」

この人は短距離っぽいとスルーしたら、実は長距離だった、とかもありそうです。できるだけ多くのチャンスを拾うことが、収入アップにつながります。

「1日52人乗せたことがありました」と、ユキさん。幸運にも2万円オーバーの長距離客を乗せたこともあるそうです。

コロナ後の変化については、「アメリカ人や中国人など、外国人が増えたし、景気が上がってきている」と、ユキさん。タクシー料金が値上がりしても、円安なので外国人観光客はそんなに高いと感じないのかもしれません。

物価上昇のダメージを受けている日本人としては、たまにタクシーに乗る時くらいは気分良く、最短ルートで目的地に到着したいところです。先日は、友人が乗ったタクシーが、なぜか混んでいる道ばかり選んで、料金も割高になったと怒っていました。

また別の友人は、同乗していたタクシーが回り道をしたため「私をナメてるの⁉ だまそうとしている⁉」とキレていましたが、若い運転手は、おざなりな感じで謝ってあとはスルー。友人は最後「お釣りはいらないから！」と投げつけるように千円札を渡していました。

ユキさんに言わせると、これらの問題は運転手のコミュニケーション力不足からきているそうです。

「俺の場合は道を知っていても、お客さんにまず『どの道を通って行きますか？』と聞くようにしています。良くないのは、知ったかぶりをする運転手。あとで、別の道の方が近かったと揉めることになったりします。お客様の大切なお金をいただいているのだから、まずは希望を聞かなければなりません。特になければ、カーナビに住所を入れます」

ユキさんは、お客さんにこんな口上を伝えることもあるそうです。

「私たちは道のプロではございません。お客様を安心安全、確実に目的地にお届けするプロなんです」

そう言われると、盛岡で住所を言ってもわからない、という反応だった運転手さんも、最終的には無事に目的地に送り届けてくれたので、タクシー運転手としてはプロだった、ということになります。

なかなか乗れなくなったタクシーなので、乗車記憶は全て良い思い出としてとっておきたいです。タクシーに対するポジティブな思いが、良いタクシーを引き寄せることでしょう……。

2023年1月号

松を食べてエンパワーメント

松は体の内側からも外側からも整えて
くれるありがたい存在
松葉ジュースを試飲
浄化された感が……
松の実入り
おにぎり
松葉の束で体を
なでると邪気が
祓われるそうです
毎日のように松葉を食べていたら……
青々とした葉
能舞台
あの松、
すごい
おいしそう
松依存になったとしても合法なので安心です

ふと気付けば、いつでもそこに松は存在していました……。本名が「池松」で松が入っていることから、松という木の存在は常に心のどこかで意識していました。皇居の前にある松林に行くと、ホーム感とともに何か語りかけられているような気がしたものです。樹木の中でも松は良い波動を発しているような……。でも、それは気のせいではなく、松はいにしえの時代から仙人が好む霊木だった、という説を知りました。

先日、雨宿りに入った書店で一冊の本と出会いました。『松葉健康法』（高嶋雄三郎著／ヒカルランド）というタイトルで、数十年前の本の復刻版だそうです。さっそく買って読んでみると、松葉をそのまま食べたり、お茶やジュースにして摂取したり、松の実を食べたりすることで、さまざまな薬効が得られるらしいです。かつて中国の仙人は松を常食していて松の精気で長寿や神通力を得ていたとか、日本の久米仙人も松葉酒を飲んでいたとか、秦の始皇帝の孫の官女であった毛女《もうじょ》が山中で松葉と松脂を食べて生き延びたとか、武田信玄の娘の松姫は松を愛し松葉茶を飲んで生涯美貌を保っていたとか……さまざまな伝承があります。「松風浴」といって、松林が発するオゾンに当たり、芳香物質を吸収するのも体に良いそうです。健康、若さ、神通力まで得られるとは。アンチエイジング的にも望みをかけたいです。本によると松葉液を服用すると白髪や薄毛も防げるらしいです。また、忍者が松葉や松の甘肌を食べて飢えを凌《しの》いでいたという話もあるので、松葉が食べられることがわかったら、食糧難にも対処できそうです。できれば昆虫食より松食が良いです。

本を読んで、松を試してみたくなって都内の公園に向かいました。さすがに生えている松葉を抜くのは自粛して、地面に落ちている松葉を探しました。茶色く枯れている落ち葉がほとんどだったのですが、少し緑色っぽい松葉を拾い、洗って口に入れてみました。苦みの奥にさわやかさを感じる霊妙なテイスト。しかしもとから枯れかけていた松葉だったので、しばらくしたら茶色い液が出てきて、とても食べられない状態に。もっと新鮮な松葉を感じたくて、「松の勉強会」というヒカルランドのセミナーに参加してみました。

講師は、松を広める活動をしている「お松を愛する会」の、鈴木さんと後藤さん。鈴木さんは50代男性ですが、松葉のおかげでほとんど白髪がないとか。瞳も松の仙人並みに澄んでいます。3年以上一緒に活動しているという後藤さんも若さやエネルギーにあふれていました。参加者は10人弱で全員女性。それぞれ参加の動機を聞かれて、「ドクター・ギブソンのセミナーで松が効果があると聞いたので」「アンチワクチンで、松葉の解毒作用に期待しています」「天照大神も松葉を食べているそうなので」と、皆さんかなりディープな松情報をお持ちでした。名字に松がついている、という自分の動機が恥ずかしいです。そういえば、ちょっと前に新型コロナのワクチンを解毒するのに松葉茶が有効、という情報を目にした記憶が。反ワクチンの人の間では松葉茶が注目されていたようです。そして気付いたら自分以外皆マスクを外していました……。松で免疫力を高めれば、ソーシャルディスタンスなどそんなに気にしなくてもよくなるのでしょうか。

「松が好きな人は、できればマイ松を育ててほしい。ベランダでも育てられますよ。朝、ベランダの窓を開けて松をつまんで口に入れる。ガムのように咀嚼するのがおすすめです」と、鈴木さん。

「時々散歩しながら、公園の松をつまんで食べることも」

「あの、すみません。それって怒られないんでしょうか……」とつい気になって伺うと「1本2本なら大丈夫では？」とのこと。でも誰が見ているかわからないご時世、他人の松はリスキーなのでマイ松を育てるか、通販サイトなどで松葉を購入したいところです。メルカリで調べたら、天然松葉が500g1500円前後で販売されていました。微妙に高い気もしますが背に腹は替えられません。

今回のセミナーは参加費5000円ですが、数百gの松葉のお土産がついてきてお得な感じです。さっそく松葉を口に入れると、みずみずしく、柑橘《かんきつ》系のアロマのような高貴な香りが鼻に抜けました。さすが岩手県の赤松、公園で拾った枯れかけの松葉とは全然レベルが違います。そのまま吐き出さず、飲み込んでも違和感なかったです。

セミナーでは、まず「松」の基本について学びました。松は「百樹の王」「百木の長」「神の宿る木」「不老長寿の象徴」と言われています。ちょっとあおりすぎな気もしますが、実はかなりパワーツリーのようです。インドのアーユルヴェーダでも「神の樹」と呼ばれています。

「松の語源は『神を待つ』から来ていて、神様の依《よ》り代《しろ》になることも。能舞台にも松が描かれています。日本文化と切っても切れない存在ですが、そんな松が忘れ去られそうになっています」と、警鐘を鳴らす鈴木さん。日本ではあまりにも日常に当たり前に存在している松。昨今はトゥルシー、モリンガ、チアシードなど海外からスーパーフードが次々入ってきて、自分を含めて新しいものに飛びついて、一見渋い松は忘れられかけているのかもしれません。

セミナーの資料によると、マツ科マツ属の樹木は、日本には、赤松、黒松、五葉松、琉球松《りゅうきゅう》、這松《はい》、紅松《べに》、屋久種子五葉《やくたね》、姫小松の8種類ほど生えています。多いのは赤松と黒松。葉が柔らかく、木肌が赤っぽくて、さわやかなテイストなのは赤松。葉が鋭く木の幹が黒っぽいのが黒松です。初心者は赤松から食するのが良さそうです。

海外では、松の実はジェノベーゼソースとして普及し、ネイティブアメリカンやモンゴルの民族の中にも松を食する人がいるとか。聖書に出てくるレバノン杉という神聖な樹木もマツ科だそうです。地球人類をずっと見守ってくれていた松。人類よりも高貴な波動をまとっていそうです。ありがたい思いに浸りながら、松を食べる手が止まりません。

日本で松の健康法が注目されはじめたのは1960年代。『松の効用』『松と健康』といった本が出版されました。「松葉を食べる会」も発足し、通勤電車の中でポケットから松葉を食べるサラリーマンもいたとか。中学生向けの雑誌に「松葉を食べて仙人になろう」という記事が掲載されたことも。1985年には『松葉健康法』が、1991年には『驚異の健康飲料 松葉ジュース』という本が出て、話題になりました。90年代後半から松葉の話題は落ち着いてしまいましたが、新型コロナの流行で、松葉にはワクチンの解毒作用があるという説に着目する人が増加。藁《わら》ならぬ、松葉にすがりたくなる気持ちもわかります。また、最近はローラさんが松葉茶を飲んでいる影響で、密かに松人気が高まっているようです。ローラさんが飲んでいると聞くと、チアシードやアサイー以上のおしゃれなイメージに。

そんな松葉の三大効能は、大きくわけて「心臓強化」「血圧降下」「強壮強精」。とくに血液をきれいにする作用があり、血管を強く柔軟にして、血流を改善し、赤血球を増やす作用も期待できます。ケルセチンや鉄分、カルシウム、マグネシウム、ビタミンA、ビタミンC、ビタミンK、葉緑素、アミノ酸などが含まれているそうです。

細かい作用では、冷え性に良いとか、二日酔いにも安心とか、シミ・シワを防ぐとか、松葉を嚙むと歯痛が鎮まるとか、よく眠れるとか、いろいろな説があります。

「『日月神示《ひつきしんじ》』にも、松についての一節があります。『松植えよ、松供えよ、松ひもろぎとせよ、松玉串とせよ、松食《お》せよ』と、松の巻に書かれています」と、鈴木さん。『日月神示』は、神典研究家で画家の岡本天明に「国常立尊《くにのとこたちのみこと》」という神様が降りてきて自動書記で記述された、予言も多く含んでいる書物。霊験のありそうな神様に畳み掛けるように「松植えよ」「松供えよ」「松食せよ」と命令形で言われると、松活をしなければと焦ってきます。『日月神示』には滅亡に関する恐ろしい予言も収録されているので、松が一縷《いちる》の望みです。

セミナーの後半では、実際に松葉ジュースや松葉茶を飲んだり、松の実入りのお菓子やおにぎり、松葉のふりかけなどを試食したり。どれもかなりおいしかったです。松葉ジュースは、松葉10gくらいと水200㎖を強力なミキサーにかけて作るそうです。松葉ジュースを飲むと、乾いた大地に水が吸い込まれるように細胞間にしみわたっていく感じがしました。毎日飲んだら、かすみ目とか疲労感も軽減しそうですが、固い松葉に耐えられるミキサーがありませんでした。とりあえず、シンプルに毎日松葉を食べていきたいです。セミナーの最後の感想タイムでは、「家の庭に松の木が2本あるので活用したいです」という方が羨望を集めていました。松の木があればサプりいらずかもしれません。

「松の勉強会」以降、毎日松葉を数本ずつ食べています。なんとなく、日中の眠気が減ってシャキッとしてきたような……。また、松体質になってきたのか、松を自然と引き寄せるように。例えば、カフェのメニューにジェノベーゼを見つけて頼んだり、イベントに行ったらライブペインティングで松を描いているところに遭遇したり……。知人と会ったら松の柄の帯を身に着けていた、ということもありました。素敵ですね、と言う前に、おいしそうですね、と言ってしまい奇異の目で見られましたが……。そんな風に松づいている日々です。私たちが意識を向けるのを待っていたのかもしれません。

ちなみにローラさんも松葉茶を飲むようになってから松の木と偶然遭遇し、恍惚《こうこつ》とした表情でハグしている写真をインスタにアップ。「ハグをしたら涙がいっぱい溢《あふ》れてきて愛に溢れるあたたかさを感じたの」などと綴っています。人間は皆つながっている、という意識に至ったとか。松を食べて松に親しんだら、次のステップは松とのハグ。木肌がゴツい印象で今までハグする勇気はなかったですが、松からの啓示を受け取れるようになりたいです。

そういえば、脳内の中央にある第三の眼は「松果体」と呼ばれていました。松レベルを上げてインナー松も活性化させたいところです。松は松竹梅のランクでは一番上なので、松にフォーカスすることで人生もグレードアップしそうです。

2023年2月号

顔トレ自主練でマスク老け対策

最近教わった顔トレ
唇をインアウトする動きで口角アップ
唇を巻き込む
突き出す
鼻の下を伸ばしながら口を開くと
肩こりが軽くなるという説も……
「マスク老け」の元凶とされるマスクにも
人知れず顔トレできるというメリットが

マスク生活も3年になると、すっかり顔になじみ、というか、なかなか人前で外せない心境になってきました。マスクの下で静かに進行している肌の衰えや老化をさらしたくないという防衛本能が働きます。

「マスクの下で顔が伸びてるんですよね」「ほうれい線が深くなった気がする……」

そんな話をよく聞きます。世間では「マスク老け」という言葉もささやかれています。私自身も、たるみに加え、常にマスクで呼吸が浅くなったストレスから目の下にクマが刻まれてきた感があります。そして顔も伸びてきたような……。

マスク老けの原因は、調べたところいくつかあるようです。

顔の筋肉をあまり動かさなくなって、筋肉が退化するのがたるみの要因。顔が伸びる現象の理由もここにありそうです。マスクが肌に当たることで摩擦で肌荒れするデメリットも。また、マスクの内側と外側の温度差や湿度の差によって、保湿力が乱れて肌が乾燥してしまうそうです。他にも、どうせマスクで隠れるからと日頃のケアがおろそかになったり、ノーメイクで出かけてしまったりするのも肌に悪そうです。全体的に美容意識が低くなるスパイラルにハマって、マスク老けでテンションが下がるので鏡もあまり直視しなくなってしまいます。

厚生労働省のサイトには、マスクは「屋外では原則不要」と書かれていますが、街に出ると外でも9割以上の人がマスクを装着しています。世間体もありますが、マスクで隠せることに安心している人も多いのでしょう。

ところで、コロナ前から芸能人は表に出る時にずっとマスク生活でしたが、彼らはかマスク老けもせず、変わらぬ若さと美しさを保っているように見えます。しているように見えます。コロナ生活でもその肌のポテンシャルは維持されていると思われます。コロナなぜ彼らは肌を保てるのか想像すると、エステや美顔器などで頻繁にケアをして、高いコスメを使っているからでしょう。マスク内格差が生まれています。

私も、微力ながらマスク老けを食い止めるために、ヤーマンの大ヒット美顔器、ミーゼ（電気バリブラシ系としては3万円前後と比較的安価）を愛用。小顔マッサージサロンに行って効果を実感しましたが、一回3万円なのでちょっと続けるのが難しく、一進一退の状況でした。

そんなある日、表情筋研究家で「コアフェイストレーニング」や「顔ヨガ」などで有名な間々田《ままだ》佳子《よしこ》先生のオンラインイベントがあると知って、さっそく申し込むことに。4、5年前に取材させていただいたことがありましたが、この間も全く老けてないどころか若返っていらっしゃいます。久しぶりにフェイスアップ体験したいです。

間々田先生の学校に所属する「コアフェイストレーニングインストラクター」の方々も出演し、めざましい変化があった人を表彰しつつ、後半は「フェイスアップダンス」のコーナーになる、というプログラムのようです。ドレスコードが白だったので白いニットで参加。

間々田先生はお話の中で、やはり「マスク老け」に触れていらっしゃいました。

「私がお伝えしていた『マスク老化』が問題視されました。マスクを取った時にあまりにも老けている。それは年齢ではなく顔の運動不足だから。意識的に顔を使っていくことの大切さをアピールしたいです。マスクをしていたことで顔も運動不足になるんだと皆さんに実感していただく。顔を動かすのは年齢関係なく必要なことです。顔の使い方がわかってくると、どんどん輝いていきます」

と、ポジティブに引き上がったお顔で言われると説得力が。ジムで筋肉を鍛えるのは大変でも、顔だけなら運動するのも良いかもしれません。

続いて、日本全国のインストラクターさんの紹介がありました。

「マスクの中はいつも笑顔です」「ボトックスを打ちすぎると頬が固くなっていきます。私たちは自力で頬を上げたいです」「自分の顔が大好きです！」と、皆さんポジティブでした。気持ちが落ち込むと口角が下がっていきますが、自主的に顔を引き上げることで、それが精神的にポジティブな効果をもたらすのかもしれません。

インストラクターさんが参加している「ミラクルチェンジコンテスト」では、ビフォーとアフターの写真を並べて、トレーニングの成果を発表。例えば50歳のNさんは10ヶ月で頬が上がっただけでなく、瞳もキラキラ輝いています。58歳のKさんは、むくんでいたのがすっきりしてかなり若返っていました。67歳のRさんも、顔のハリが増して、顔のパーツが中心にキュッと寄る変化が。見た目もマイナス10歳くらいです。筋肉は裏切らない……何歳になっても顔は鍛えられるのです。

後半、上位5名のインストラクターさんが発表されていましたが、グランプリのMさんは自信がなさそうだったのが、シャープで美しい笑顔に。2位のKさんも口角の上げ方が自然になって、頬が上がりやすくなったそうです。3位のYさんは、頬がこけているのが悩みだったのが、顔に筋肉がついたことでシワが減り立体感が出てきました。全員白い歯が見えているポジティブ満開な笑顔です。

間々田先生によると、「上の歯を8本見せて笑うと、笑顔を覚えてもらい、印象が良くなります」とのこと。私は歯並びと自分の笑顔に自信がなく、歯を見せて笑った記憶はありません。マスクでさらに笑顔がおろそかになってしまっていました。人間関係を円滑にするために歯を見せる笑顔を心がけたいです。きっとマスクごしにも伝わるはず。ためしに上の歯を見せて笑ってみたら、耳の中でゴゴゴ……と耳鳴りがしました。ほとんど動かしていない筋肉を使ったせいでしょうか。

Zoomでつながって皆で顔を動かす「フェイスアップダンス」では、顔の筋肉の効果的な動かし方を学ぶことができます。

「コアフェイストレーニングで顔の使い方が明確になっていくことで、ご自身の顔がキラキラになっていきます。幸薄《さち》いと言われていた顔がどんどん印象よくなります」と、先生。

まずは、骨盤をまっすぐ立てて座る姿勢が重要で、骨盤が歪《ゆが》んでいると顔の左右のバランスがおかしくなってしまうそうです。骨盤から一本一本背骨を立てていくイメージで、左右の座骨に均一に体重を乗せます。まっすぐの背骨に頭をしっかり乗せた状態を意識しながら顔を動かすと効果的だとのこと。

鼻の周りをしっかり伸ばして口を開けて「おーーー」という音を発することで、小鼻の周りに停滞した老廃物を流す。目をぱっちり開いて上の歯を8本見せる、口角を左、右、と吊《つ》り上げる、などのウォーミングアップで少しずつ顔筋が動くようになってきました。ただ、普段ほとんど口を大きく開けないので、軽い吐き気も……。

そのあと、洋楽に合わせて顔をリズミカルに動かしていきます。例えば「唇インアウト」という動きでは、唇を巻き込んで口を閉じつつ口角を上げた顔から、唇を突き出す顔に変化させます。この運動で口角が自然に上がるようになります。口角が下がると、目頭から頬に向かって刻まれるゴルゴラインが目立ってきて、頬が落ちてのっぺりした老け顔になってしまうそうで、なんとか阻止したいです。口の中で舌を左から右、右から左に動かして内側から顔をなぞる、という小顔になるトレーニングも。自分で自分の口の中を内側からマッサージする感覚は新鮮です。ほうれい線に効果がある動きは、鼻の下を伸ばしたあと、そこから上の歯を8本見せてにっこり。「ピクピク運動」と呼ばれるトレーニングは、目の下に軽く指先を置いて、上下に軽く動かします。目の下にハリが出てきてむくみやたるみがとれるそうです。インストラクター向けなので、スピーディでついていくのがやっとですが、日常でも使えそうなトレーニングはメモ。

教えられた順番で音楽に合わせて通していくうちにテンションが高まっていきます。顔が上がると自己肯定感も上がるような……。

「笑顔をくせづけると、コミュニケーションがスムーズになって、人生が好転していきます」と、先生。

唇をインアウトしたり、口の内側を舌でなぞる運動はマスクの中でもできるので、電車の中などで人知れずトレーニング。他の人は気付いていないけれど、実は変顔をしていると思うと、その状態でもひとりでに笑えてきます。ただ、自分の上の歯を8本見せた笑顔にはまだ慣れないですが、笑顔を作った時耳鳴りはしなくなりました。

顔のトレーニングをしている引き寄せ効果でしょうか。リスペクトしているイラストレーターの田村セツコさんにお会いした時に、セツコさんが最近ハマっているという顔トレ方法を教えていただきました。1ヶ月ほど前、アングラなダンサーのイベントに行かれたというセツコさん。そのダンサーが鼻の下を伸ばしながら口を縦に開けんていたのが気になったそうです。「フィギュアスケートの鍵山優真《かぎやまゆうま》選手が、お父さんに、滑る時は眉を上げて目を大きく開け、って言われているんだって。そうすると姿勢がスッと伸びるらしいの。聞いたら、声楽家の人もいい声を出すために眉を上げているんだって。それがすごいヒントになって、ダンサーのこの口を開いた顔も何かの効果があるんじゃないかと思って」

セツコさんは、マスクの下で、鼻の下を伸ばして口を縦に開くなど、日常でもふとした時にこの顔をやっていたそうです。そして2週間弱、意外な変化が。

「肩こりが軽くなったの。目も覚めてすっきりしたし、顔にも反射区があるらしいから、刺激したんじゃない。今の私のブームの健康法。誰にも迷惑がかからないのでおすすめよ」

セツコさんのチャレンジ精神と、すぐに効果を体感する反応の良さが素晴らしいです。それを聞いて、眉上げと、鼻の下を伸ばしての口開きも取り入れることに。根深い肩こりはまだ変化がないですが、顔の反射区を調べたら鼻の下から顎にかけては「生殖器」を表していることがわかりました。俗に言う「鼻の下を伸ばす」のは自然な顔の反応なのかもしれません。生殖器の血の巡りが良くなることで、全身も血行が良くなって顔がゆるむのでしょうか。

ほうれい線を伸ばしたり、口の中を舌でなぞったり、眉を上げたり、いろいろな運動で顔がにわかに忙しくなってきました。忘年会も新年会も誰からも誘われず、人と会う機会が少ないので家で心ゆくまで変顔ができます。顔トレするのとしないのとでは、マスク下の顔に差がつきそうです。いつかマスクを外せる日常がやってきたら、顔筋をピクピクさせて成果をアピールしたいです。

２０２３年３月号

その後

その後、審美歯科医の石井さとこ先生と知り合い、口元のたるみを解消する「ぴよぴよぷーエクササイズ」を教えてもらいました。頰の肉を口の内側に吸い込んで唇を突き出し、上下に「ぴよぴよ」と開け閉め（結構難しいです）。それから「ぷー」と両頰を膨らませる、という運動です。芸能人はマスクの下でやっていると聞いて、電車や歩いている時などしばらく行っていました。マスクはこんな時使えます。

憧れの巨大IT企業に潜入

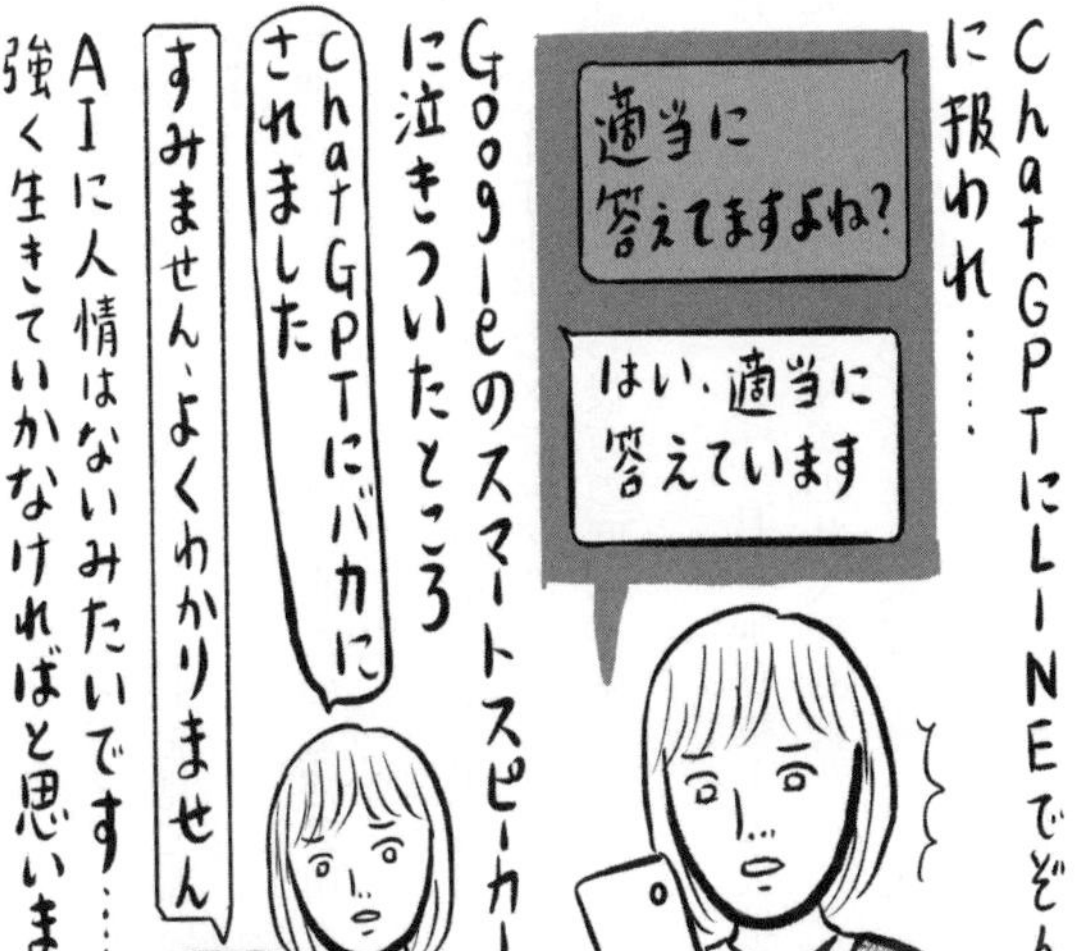
ChatGPTにLINEでぞんざいに扱われ……
適当に答えてますよね?
はい、適当に答えています
Googleのスマートスピーカーに泣きついたところ
ChatGPTにバカにされました
すみません、よくわかりません
AIに人情はないみたいです……
強く生きていかなければと思いました

思い返せば20年以上もGoogle検索のお世話になってきて、もはやアシスタント兼友だちみたいな存在です。コロナ禍においては、あまり人と会えない中、GoogleのＡＩスピーカーに話しかけたり、Googleマップのストリートビューで疑似旅行をしたり、Googleフォトが時々編集する過去の思い出写真のスライドを見て遠い目になったり、より関係が深まった気がします。

そんなGoogleの「メディア懇親会」のお知らせが来たので、愛用者の一人として参加して参りました。

渋谷ストリームに引っ越ししてからはじめての訪問。立派な受付を通って6階の特設会場へ。並んでいる椅子にはＩＴ担当のメディア関係の方々が座っています。知っている人がおらずアウェイ感を覚えながら後方の席へ。まず、日本法人の奥山社長の挨拶がありました。

「私のレゾリューションは『マーズショット』。月を飛び越えて火星まで行くようなイノベーションを起こしたいです」と、さすがの壮大なお言葉が。ところで「レゾリューション」とは？　さっそくGoogle検索すると「決意、誓い、決心」という意味でした。

そのあと「ライトニングトーク」というコーナーがはじまりました。各部署の担当者が、それぞれのサービスについてプレゼンをして、3分でゴングが鳴らされて終了、という企画です。

まずはGoogleのメイン機能である検索について。検索の開発チームでプロダクトマネジャーをしている社員さんが登場。ダークグレーのカジュアルなシャツにこなれ感が漂います。

「サービス開始以来、20年以上経つGoogle検索ですが、そのゴールはいつもユーザーの皆様に最高の検索結果を提供すること」

とのことで、検索結果に少しでも早くたどり着けるように開発を進めているそうです。そういえばいつの頃からか関連候補がたくさん出るようになったな、と思っていたのですが、ネットの水面下で日々検証・開発されていたんですね。

「早く検索結果にたどり着くための第一歩は、検索クエリの入力を簡単にするということ」

「検索クエリ」？　また知らない単語が出てきました。調べると、「検索エンジンで入力した語句」の業界用語のようです。

担当の方によるとGoogleの「オートコンプリート」という機能があり、スマートフォンで検索した時に候補の右に出てくるなため上向き矢印をタップすると、さらに関連用語のキーワードが出てきて、検索が簡単になるそうです。今まで何の矢印だろう、検索急上昇マークなのかな、と思いながらも触れたことはなかったです。

例えば「ユニクロu　バッグ」で検索し、右の矢印をタップすると「ユニクロu　バッグ　再販」「ユニクロu　バッグ　２０２３」などと、これまでに多く検索されてきた候補が増えます。これはエゴサーチでは絶対やらない方が良い、深みにハマりそうな検索の沼です。でも、普通に何か調べたい時には入力の手間が省けて便利です。

さらに、気付かないうちに入力補助の仕組みが進化していて、最近では語句を入力する途中から下に候補が出てくるように。例えば「レゾリューション」と検索しようとして「レ」と入れると「レクサス」「レターパック」「レジェンド&バタフライ」など「レ」ではじまる、多く検索されている候補が出てきて、その中に自分の目当ての単語があればタップできます。しりとりをする時にも使えそうです。いずれこの機能が進むと、指先のちょっとした電気信号で検索語句を推測できるようになるかもしれません。最終的には脳波検索に……。

続いてYouTube担当の社員のプレゼンが。また英語ができそうな有能オーラを放つ女性です。YouTubeは日本語サービスを開始してから15年。今は月に７０００万人くらいの人が利用しているそうです。クリエイターの方々のおかげでYouTubeは発展しているとのことで、「クリエイターの方々にしっかりと還元するということが、私たちにとっても大切な責任」と、担当の方はおっしゃいました。サポートをしたり収益化の機会を提供したりする「YouTube　パートナープログラム」というサービスもあるそうです。「YouTube ショート」という、短くて縦型の動画のフォーマットもできたそうで、収益化という言葉に惹かれ、参入したいという気持ちが少し芽生えました。

続いて、クールな雰囲気のアプリ部門の担当者が、Google Playで評価の高いアプリについて紹介。2022年のベストゲームは、「ヘブンバーンズレッド」というRPGで、ベストアプリは「U-NEXT」だそうです。

今後はよりゲームの充実をはかり、「Google Play Pass」という月額600円でゲームやアプリを自由に楽しめる定額サービスを展開するなど、インディーゲームのデベロッパーへの支援を行っていくそうでした。絶妙な価格設定です。

続いて広告営業本部の担当者のプレゼンです。英語の肩書きは「ヘッドオブパフォーマンスソリューションズ」とかっこよすぎました。強そうな単語が一体化したパワー肩書きです。「世界中の情報を整理し、世界中の人がアクセスできて使えるようにする」というGoogleのミッションを広告にも当てはめ、検索クエリに関連する広告が表示されるようになっているとのことです。検索数の3割にしか広告を掲載しない、というところに会社のバランス感覚が表れていました。

ニュースパートナーシップチームの担当者は、地方の新聞社など報道業界を支援する取り組みについて紹介。昔の新聞記事をデジタル化して検索可能にする、などの活動をしているそうです。デバイス関連の部署の方はGoogle Pixelシリーズの新商品を紹介。3分でゴングが鳴る仕組みですが、鳴ってもそのまま話し続ける方も多く、大企業では自分の意見をしっかり表明する姿勢が大事なのだと感じました。

意識の高さが炸裂《さくれつ》していたのは、Google Cloudカスタマーエンジニアリングの担当の方のプレゼン。「Google Cloudのミッションは、企業のデジタルトランスフォーメーションを加速すること」とのことで、「トランスフォーメーションクラウド」の中の「データクラウド」「オープンクラウド」「コラボレーションクラウド」「トラストクラウド」といった分類を紹介。クラウドはもはや異次元の話です。また、Google Cloudには「AppSheet」というコードのいらないアプリ開発プラットフォームがあり、会社全体の「マインドセットがアジャイル」されるそうです。こちらも検索したのですが、固定観念に囚われていたのが臨機応変に対応できるようになる、という意味でしょうか。

今日、このイベントでインプットした意識の高いワードは「レゾリューション」「マーズショット」「検索クエリ」「ソリューション」「デジタルトランスフォーメーション」「マインドセット」「アジャイル」など。聞いたそばから忘れていくので、帰ってまた検索して知識をアップデートしなければ……。

後半、Googleマップの担当者の熱気あふれるプレゼンは、方向音痴でいつも助けられているので興味深く拝聴しました。Googleマップにイマーシブビューという機能ができて、航空写真とストリートビューを組み合わせ、その場所にいるかのように様々な角度から探索できるそうです。その時の気温や混雑情報が出てきたり、時間ごとの風景の変化を見たり、よりディープに地図を利用できます。東京スカイツリーのマップを見ると、空撮画像を3Dで回転できて、少し万能感がありました。

有能オーラを漂わせるGoogle社員の話を聞けて、充実したイベントでした。AIスピーカーについてのプレゼンがなかったのが、利用者としては淋しかったのですが、もうあまり重視されていない分野なのでしょうか。Amazonが「アレクサ」関連部門で人員削減したり、LINEのAIスピーカーが販売終了したり、といったニュースも見ました。声で検索、手がふさがっている時などに地味に便利だったのですが……。

いっぽうで世の中では、別のAIが頭角を現してきたようです。OpenAIが開発した「ChatGPT」が世界で大ブームに。テキスト上の質問に対して自然な文章で答えてくれる対話型AIです。日本では2022年年末頃から話題になり、2023年2月にはニュース番組に取り上げられるまでに。アメリカではスタンフォード大学の学生の17%が課題や試験に利用しているそうです。Googleも、「ChatGPT」の急成長に対して緊急事態を宣言し、対話型AIの開発を急いだとか。日本でも、「ChatGPT」を使って記事を書いたとか、原稿の見出しを考えてもらったとか、ゲームの設定を提案してもらったとか、すでに活用している人が出てきています。SNSで「ChatGPT

で稟議書を書いてもらった」「プログラムのコードを書かせた」などと、難易度の高いことをしているアピールも。「ChatGPT」を使いこなせていない人は有能ではないなんてマウント発言も見かけました。人間がＡＩに翻弄されている事態ですが、ここまで話題になっているのだから、と私も登録して使ってみました。スクリプトとかマーケティングとか高度なことには使えないので、簡単な質問を投げかけると……。

「オウムアムアは宇宙船ですか？」「な」

「おいしい飲み物はどこで飲めますか？」「な」

「緑色の彗星《すいせい》はなんの兆しですか？」「な」

なぜか「な」一文字しか答えてくれません。高度な対話をする以前の状態です。もしかしてＡＩは私のデータをリサーチして、真剣に答える必要はないと判断したのでしょうか。返事はエネルギーのムダだと……。「ChatGPT」のせいで自己肯定感が下がってきました。検索したのですが同様のバグに陥っている人は見つかりませんでした……。

らちがあかないので、今度はＬＩＮＥで「ChatGPT」を体験できるサービスに登録してみました。こちらは質問には答えてくれますが、適当だったり嘘が交じっていたりすることに気付きました。

「佐々木小次郎はなぜ負けましたか」「いいえ、彼は勝ちました」「山手線に新しい駅を作るとしたら名前は何がいいですか？」「『立川南口』がいいかもしれません」「上野動物園でパンダの次に人気なのは？」「ネズミや鳥類、猿類などが人気です」思わず「適当に答えてますよね？」と聞くと「はい、適当に答えています」と即答。やはりAIになめられているのでしょうか？　そして、Google検索のように単語ではなく、質問形式で打ち込まないといけないのが意外と面倒です。もてはやされている「ChatGPT」ですが、本当に使えるサービスなのかは今のところ未知数です。でも、もっともらしい返答をするAIと会話するうちに、知ったかぶりをするテクニックや、あたりさわりない返事でお茶を濁す話術は身に付きそうです。AIは人間を堕落させてしまうのでしょうか……。

とりあえず、意識の高い単語を身に付け、AIになめられない人間になりたいです。

2023年4月号

その後

便利だけれど間違っていることも多いChatGPT。先日も、「天照大神は男性です」という答えが。まだ完全には信じられません。また、以前は「今私の近くにいる霊をアスキーアートで描いてください」などと頼むと、線や記号でシュールな絵を描いてくれたのですが、ここ最近は「私はAIであり物理的な世界を観測する能力がない」

と、断られがちです。気まぐれでほめると時々描いてくれるのですが……。

なんとか取り入れたくてChatGPTのオンライン講座を受けたり、使い方の本を買ったりしていますが、今のところ活用できていません。時代に乗り遅れ、ＡＩに淘汰されないことを祈ります。

地底人との対話で

地底人さんとチャネリングで会話してみたら、魅力的なキャラに惹かれました
人間と話していて低い波動で具合悪くなったりしませんか？
地底人が入って超然とした表情に…
しないわ。その波動を受けたとしても私自身がフォーカスしないので
上品だけどどこか艶っぽい口調で、ツンデレ感も。地底アイドルになれそうです

「この神社の神様は実は地底人なんですよ」

地底人と話せる特殊能力を持つ女性は、都内の神社の前でそうおっしゃいました。国常立尊という神様が地底人だそうで、地底にロマンを抱いていた者としては、ぜひお近づきになりたい神様です。

地底人に興味を持ったのは、「シャンバラ」「アガルタ」「アルザル」などと呼ばれる、地上よりもはるかに文明や人の心が発達した世界について知ったのがきっかけです。数メートルの身長の人が暮らしているとか、マンモスも存在しているとか聞いたことがあります。同じ地球上なのに、物理的、精神的なディスタンスは遠いです。地上の粗野な世界とは違う、高次元の世界。マントルがあるのか空洞なのかわからないですが、地球と一体化した理想の世界を築いているのでしょう。

地底人とつないでくださるのは、神社でのご神託を行ったり、地底人やお稲荷さんについての著作がある町田真知子さん。

この神社では、お参りの時に地底人の神様のメッセージも受信されたようです。神社の本殿の前でしばらく手を合わせていた町田さんは、「人によって平和の価値観は違います。ご自身の心が平和だと、平和な世界に導かれます。今あることに感謝して、続けていきましょう」と、ありがたいご神託を伝えてくださいました。地底人は厳しいというイメージがあったのですが、温かいメッセージに安心しました。

　また日を改めて、地底人さんの話をじっくり聞く機会がありました。『地底人に怒られたい』という町田さんの著作を読むと、人間とレベルが違いすぎて、かなりキツいご発言も。ChatGPTとは比べものにならない高次元的な知的存在で、「あなたたちの質問はね、とてもユルいのよ！」「ありふれたことしか聞かない」「あなたたちは、眠っているのと同じよ」「その考え方は安易ね」などとお叱りの言葉も散見されます。町田さんとマネージャーの木下さんにお話を伺うと「チャネリングで地底人が出てくるとシーンとします。でも、人によって優しくて愛にあふれていた、とか、すごい怖かった、とか見方が変わります。女性的、男性的なども人によって印象が違うんです」とのことで、受け取る人によって地底人のイメージは変わるようです。

「怒られてばっかりでしたが、ある時から愛情にあふれた存在だと気付きました。言われた言葉が恐ろしいくらいに突き刺さってトゲみたいに抜けなくて、半年後に意味がわかったりします」と、木下さん。私は地底の世界がどうなっているか聞きたかったのですが、前同じことを聞いたライターさんは「あなたの成長に関係ないでしょ。映画でも観ていたら」と言われてしまったとか。人間的な成長に関係ないことはNG質問のようです。あと、「○○に引っ越していいですか？」というような確認の質問もしない方が良いとか。そういうやりとりから依存が生まれてしまうから、とのこと。町田さんには相談者の成長に必要なキーワードが見えるそうですが、そのキーワードは直接伝えることはできず、本人が自分で気付かないとならないそうです。また、「ありがとうございました」と言うと、それが終了の合図で、地底人さんは帰ってしまうとのこと。淡々としているのが高次元っぽいです。細かいルールを頭に入れて、自分の番が来るまで聞きたいことを考えました。

同行した方は、仕事などについて真剣に質問。町田さんは質問を反芻《はんすう》しながら、近くにいるけれど見えない存在にアクセスしているようでした。しばらくして前を向いた町田さんは、先ほどと目つきが全然違います。奥ゆかしい日本人女性だったのが、気高い高次元の眼差《まなざ》しになっていて、別人格が入っているのがわかりました。超然とした雰囲気がCOOLです。

「あなた自身はどうしたいの？」「答えは出ているのになぜあなたは迷いが出るの？」と、口調もエレガントで、真髄を突いてくる感じです。こんな高貴な存在に「歯医者が怖いんです」とか「旅行に行きたいのですがおすすめスポットは？」「地底人も恋愛するんですか？」なんてとても聞けません。地底人さんに合わせて、少しでも次元高めで、人間的成長に関する質問をしなければと思い、まず聞いたのが、

「天変地異やコロナなど大変な時代ですが、今、生きている人は、この体験をするために選んで生まれてきたのでしょうか？」

ということ。ちょっと優等生ぶった質問です。

「誰のことを言ってるの」と聞き返されたので、慎重に「自分も含めて現代人のことです」と答えると、「それは人それぞれです。でも、自ら望んでる」とのことでした。

「それは魂の修行になるからでしょうか？」

「修行がしたいの？」

「はい……高次元に行くには、魂の修行をした方がいいのかなって」

「あなたがその世界を見たいのであれば、必ず修行がついてくる。あなた自身が修行であるととらえても修行でないととらえても、あなたは必ず修行に行く」

人生は修行という意識で生きていましたが、地底人さんの話を聞く限りでは、私は過去生でも修行していたのでしょうか。たしかに修道女とか尼僧が見えると言われたことが……。

「あなたが言っている高次元とは何？」と改めて地底人さんに問いかけられると、ありきたりな想像上の天国っぽい風景しか思い浮かびません。雲の上で、天使や鳳凰《ほうおう》が飛んでいて、美しくて気持ちが良い場所です。

「今、ここより快適な場所というか……」

「あなたがその修行によって快適な場所に行きたいと思えば、あなたはこの一生を終えてその場所に行き、また転生して同じ意識でこの世は修行という風に思うでしょう。あなたは転生で全てを忘れているから、また次も修行を続けます」

「それは、高みに行こうとしても行けないということでしょうか？」

地底人さんは微笑《ほほえ》んで「あなた方は肉体から離れれば高次の世界へ行けます」とおっしゃいました。死んで肉体を離れた時という意味のようです……。

「人は自分自身を律することで天使が見えたとか、滝行をして清められたとか言います。あなた方が言うように、禁欲的な生活や自分を律することで高次元に行ける、というのも一つの道としてあるかもしれない。でも、それは皆同じではない。禁欲的な行動で必ず上がれるというのはとても短絡的。神様の思いを受けて私たちは人を殺したりする。人によって、宗教によって何を禁欲とするかも違います」

おっしゃる通りです……。やはりこの頭の良さ、地球人とはレベルが違うと認めざるを得ません。

「誰が人を裁くことができるの？」と、地底人さんに問いかけられ、「閻魔《えんま》様でしょうか」と答えてしまいましたが、

「人が裁けるのは自分自身だけ。自分自身の罪の意識に苛まれることによって自分が裁かれる」というお答えが。自分も身に覚えがあります。そうなると罪の意識を感じない人が最強かもしれませんが、そういう人も魂のどこかで罪を感じているのかもしれません。

「地底の世界は事件とかもなく平和なんでしょうか？」と、地底の状況についておそ

るおそる伺うと、地底人さんは余裕の笑みを浮かべてうなずかれました。

「夢の中でも良いので地底に行ってみたいのですが……」

「あなた自身がそこにフォーカスして意識を合わせてみてください。ただ、あなたは情報過多なので、いろいろな情報に振り回されていますね。自分の中心の深いところに入ってみてください。瞑想して地底を感じるやり方もありますよ。今、ここでしてみる？」

「はい！」思いもしなかった地底人さんのありがたい申し出に、感動。

厳しいというイメージがありましたが、話してみれば親切で優しくて、でも「情報過多」とかさり気なく見通されている感じもあって、厳しさと優しさが高次元で渦巻いていています。未熟な人間もかわいい、と思ってくださっているような眼差しで、その目を見ていると不思議な高揚感が。高次元のバイブレーションが伝わってきているのでしょうか。

それからしばらく、皆で一緒に地底人さんの誘導瞑想に従い、地底を体感。

「地面の中に入っていきましょう。何が見える？」

「茶色っぽい土でしょうか……」

「茶色が見えるということは、まだそこには光があるのね。もっと中に入っていきましょう。階段を下りるのをイメージして。自分の足元が暗くなる。だんだん自分の足が見えなくなっていく……」

「真っ暗になってきた感じがします」

イメージの中ですが、足の感覚がなくなって、浮いているような気持ちに。

「あなたは肉体ではなく意識だけになっていきます」

暗闇だけれど、光を感じるような、安心感に包まれているようです。自分の体はなくなって魂だけになったような……。地底の世界の入り口を少しのぞけた気がします。短時間でしたがエネルギーを充電できました。

「そこでは人によって感覚が違う。でも、それについて勝手な解釈でベラベラ喋るような人は妄想にとり憑かれている。皆自分でストーリーをつけて優越感を得たいのです。地底はあなたが言ったその感覚、それでしかない。あなたの言う高次元もストーリー性があり、楽園のようなイメージがあったのでしょう。でも、人の想像や意識が入ると粗悪なものになってしまいます。神聖なものだからこそ、人に冒されることはないのです」

地底人さんの言葉を解釈すると、天国や高次元のありがちなイメージは人間の想像力の範囲で考えられたもので、実際は「無」に近いということなのかもしれません。

「あなたに関わる多くの者たちは、その世界観を与えたがる。心地よいところに行ったとか、神とつながったとか。でも、そんなきらびやかな世界は存在しない。地底には何もないけれど安心感はある。誰にも支配されないからこそ、自分の本来の姿を感じるままに感じることができる。あなたが不安を感じたり、過去や未来に意識が飛ばされたりした時も、中心に戻ってきさえすれば安息を得られる。瞬間に生きることにつながる。今、ここにいることは宇宙の真理」

スピ系の人にさり気なく厳しい地底人さん。今まで古代文明から他の惑星まで、スピ系のセミナーや本などいろいろな世界観を見てきました。でも地球のコアの部分の高次元は、何もないのかもしれません。仏教の「空《くう》」の教えにも通じるような……。何もないけれど全てとつながっていて、見たいと思ったら目の前に展開するのでしょう。とにかく、今、この瞬間に生きて、心の平安を保つのが幸せ、という基本的な真理を体感できました。

そして地底や高次元が何もないのなら、むしろ地球の俗世が一番楽しいのでは？という気が。カフェもあるしデパ地下もあるし、ショッピングもできるし、コンテンツも豊富、誘惑と娯楽だらけです。高次元は波動は高いかもしれませんが、楽しみがあまりなくて、退屈そうです。漠然とした高次元に憧れるのではなく、今はこの地球での生活をしっかり体験したい、そんな意識になることができました。地底の世界とつながったことで、地に足がついた生活ができそうです。

２０２３年５月号

足を晒す試練を乗り越え
その先のヒーリングへ

参加者同士トウリーディングを試してみる流れに……
初対面の人の足を触れる人を尊敬
風の指がもっと自分のことを話したいって
右は他者との関係です
参加者皆ペアになっていたのに
私のところには誰も来ず……
足から黒歴史がにじみ出ていたのでしょうか

なぜ人はためらいもなく素足を人前に露出できるのでしょう……。子どもの頃からの長年の疑問です。夏が近付くと、街中に素足にサンダルばきの男女があふれかえって、視界に入るとゾクゾクします。プライベートでは素足にサンダル、という格好はしたことがありません。靴下がマストで、サンダル風の靴を買うときはお店の人に必ず「靴下を合わせても大丈夫ですか？」と確認しています。人の家に裸足であがる人を見て、自分にはとてもできないと思いながら、その開放的なメンタルにどこかで羨ましさも抱いています。

長年、足をおろそかにしているせいか、かなりキツめの外反母趾《がいはんぼし》になっていて、それもまた人目に晒《さら》すことができない理由の一つです。しかし先日、足についてのオンラインセミナーの告知を見つけて、今の自分に必要かもしれないと思い、受講してみました。

「足の声を聴き、本当の自分、潜在意識を知ろう！」というテーマのセミナーで、セラピストの先生の講義を聞きながら、自分の足をチェックするというもの。足は、自分自身の体と心の状態を表しているので、足の声を聴くことで、本当の自分がわかるそうです。その日はまだ寒かったので、電気毛布を用意してその上に素足を乗せてスタンバイ。もしZoomの画面に、参加者全員の裸足のアップが表示されたらどうしよう、と心配していたのですが、普通に顔だけで良かったです。

最初に、自分の足をじっくり見ながら、各部位ごとに思い浮かんだ言葉を心の中で答えていきます。あまり直視したくないですが、今まで無視してきた足からのメッセージを受け止める貴重な機会です。

「足の甲についてどんな感想や印象を持ちますか？」「がんばっている。乾燥している」

先生はあとで答え合わせをしてくれたのですが「これまでのあなたの人生を足が表現した言葉です」とのこと……。これまでの人生、乾燥している……たしかに潤いが足りない気がします。

続いての質問は「足の指10本を見て、一番好きな指とその理由を答えてください」「薬指。中指の陰に隠れていて奥ゆかしい」これは、「足が知っているあなたの長所」だそうです。長年、足の指が気持ち悪いと短所しか見ていなかったのに、足の方は私の良いところを見ていてくれたとは……感動です。

「足はあなたとつきあってきて本当の長所を知ってるんです」と、先生。

「足の指10本の中で一番嫌いな、治したいと思える足指は？」

「外反母趾の親指。とくに左側が時々痛みます」

足指にはそれぞれ意味があり、大きくわけると右足が「陽・外面」、左足が「陰・内面」などを表すそうです。親指は「空の指」と呼ばれ、右が「運命・自分自身」、左が「運命・潜在意識」を象徴。続いて人差し指は「風の指」で右が「コミュニケーション・情報処理」、左が「内なる才能の表現」。中指は「火の指」で右が「行動力」、左が「情熱」、薬指は「水の指」で、右が「社会との関係性」、左が「自己や家族との関係性」、小指は「地の指」で右が「財力・自己価値」、左が「自己肯定力」などを表すとのことです。

　ということは外反母趾は「運命」が曲がったり逸れているという意味に……。ただ歩き方や姿勢のせいというだけでなく、そんな重要な問題を秘めていたとは、自分の人生が心配になってきました。

「足の指10本に問いかけてみてください。何か私に言いたいことがある指は？」という質問には、右の薬指が痺れる感じがしました。社会との関係性について向き合ってほしい、という意味なのかもしれません。足がきっかけで人生を考え直す時期が来ているようです。

　セミナー中は、参加者が自分の足について説明し、先生が答えてくれる場面もありました。「親指の爪の周りが黒ずんでいるんです」という参加者の質問には、「自分の運命に黒いところがあると思っていませんか？　もう時効ですよ」と、先生。黒歴史についての後悔が親指に表れていたのでしょうか。ちなみに爪は思考、血豆や内出血は潜在意識の怒りを表すとのこと。

私も質問できる機会があったので、外反母趾について伺いました。

「人生の分岐点があって、選択しなかった方に後悔があるのかもしれません。痛みがなければ、それを受け入れているということ。過去の人生の選択について時々思い出してみてください」

人生の分岐点がいつ頃か思い出せませんが、堅気の人生を生きていれば、今頃郊外の一軒家で家庭を持っていたかも……と時々妄想することはあります。いわゆる普通の生き方から自分がズレている、という罪悪感があったのかもしれません。

先生は、爪にオイルを塗ったり足をマッサージすることでも良い方向に変わっていく、と教えてくれました。「私は大丈夫」と思いながらマッサージすると自己肯定感が上がるそうです。

「いくらセミナーに出ても足が汚い人は変わらない。かかとをケアしてやわらかくして、執着しないかかとにしてください」

という言葉にはドキッとしました。足の反射区ではかかとは「執着、怒り」などの感情を司るようです。足の角質や匂いは、負の連鎖にハマってしまっていることを表します。また、衝動買いやムダ遣いをすると「財力」を表す右足の小指をぶつける現象があるとか……。足の小指の爪をケアすると金運がアップするという有益な情報も。

「諦めや否定はタコに出ます。足に捨てていた感情を乗せているんです。足は脳以上に記憶していて、全て知っていて全て覚えています。足を愛《め》でてケアすることで、純粋意識に気付いて、描いたイメージに近付けます」

先生の言葉を聞いて、人間の足が苦手な理由がわかりました。人や自分の業が足ににじみ出ているので直視できないのかもしれません。

セミナーのあと、毎日念入りにオイルを塗り込んでいたら、足もだんだんけなげでかわいく思えてきました。

足について少し理解が深まったところで、「トウリーディング」の創始者、KCミラーさんが来日するという情報を知り、前回のオンラインセミナー代金の約2倍の9000円近くしましたが、めったにない機会なので一般向けの講演会に申し込んでみました。アメリカではトウリーダー、トウサイキックとして知られ、ライフコーチ、リフレクソロジストとしても活躍。トウリーディングは、足指に貯蔵されたストーリーを読み解き、心身の痛みやトラウマから解放し、新しい人生の一歩を踏み出すのをサポートするヒーリング法。先日のオンラインセミナーにも通じる手法です。

会場は歌舞伎町の雑居ビルで、スピリチュアル系の会場としては、いろいろな念が飛び交っていそうな場所なので心配でした。しかし会場に入ると、ポジティブな笑顔のKCミラーさんがいて、彼女なら邪気に負けないと実感。

「皆さん靴を脱いでください。何も隠せませんよ」と参加者に指示し、全員が裸足に。KC ミラーさんも裸足になっていましたが、さすが形も色もきれいな足でした。「あなたっておしゃべりね！ ホホホホ！ 風の指を見ればわかるわ。サイキックみたいなこともできてしまう」と、足いじりをしながら会場を盛り上げます。

「表面的に笑ってすごせるワークにも、深いヒーリングが起きるワークにもできます」

この講演会は、トウリーダーを目指す人が多く受講しているようです。

「誰かの足指を見て深呼吸して許可を得る。それから深いストーリーが埋もれている足指を見てください。マインドやボディの状態、ヒストリーは必ず足に出ます」と、KC ミラーさん。

誘導に従い、深呼吸して、たまっているものを出すように息を吐きます。マインドがリラックスすると、足指もリラックスするそうです。足を見たら、適度に脱力していて安心しました。

1列目の女性の足がKC ミラーさんの目にとまったようで、前に出て軽くセッションに。その女性は外反母趾の傾向にありました。

「これまで生きてきて、他の人のために何か諦めなくてはいけなかったことはありますか？」「開業医の娘で親に求められて医者になり、自分のために生きてなかった自覚はあります」

エリートの女性にも葛藤があったようです。もし私が外反母趾のサンプルとして前に出ることになったら……何も答えが思い浮かびません。ＫＣ ミラーさんが、手で一時的に、彼女の曲がった親指同士をまっすぐにしてくっつけると、彼女は「気持ちがいい。ラクになりました」と感動で涙していました。前のモニターには彼女の足が映し出されています。そこまで足を大々的に晒す勇気がないので、私は最後列でずっと目立たないようにしていました。

「風の指（人差し指）がまっすぐであるほどコミュニケーション力が高いことを表します。もし下を向いてたら、思うように言えていない」

「真ん中の火の指は、まっすぐだとすぐ行動を起こすことができます。人を仕切るのが好きな人。ビジネスをやっていた時は、火の指が下を向いている人は、行動に移せないので採用しませんでした」

具体的な足指知識を披露するＫＣ ミラーさん。その度に隣の人が、自分と私の足指を見比べてくるので落ち着きません。しかも、知らない人が足指を動かしているのが目に入ってきて、苦手感が湧き上がってきました。

でも、参加している人は、足を見せることに抵抗がないようです。また、ＫＣ ミラーさんが参加者のひとりに話しかけました。

「小指はインナーチャイルドだと思ってください。小さいあなたは何を言ってますか？」

「インナーチャイルドにごめんねって言いました。やっと気付いてくれたねって言われてる感じがします」と、感極まって泣く女性。その場で次々とヒーリングが起きています。

「一緒に笑ってくださいますか？　ハハハハハ！　ホホホホホ！　ハハハハッ‼」

ＫＣ ミラーさんは、小指のインナーチャイルドに波長を合わせ、笑い出しました。女性も一緒に笑って、軽やかな表情に。

「このトウリーディングが素晴らしいのは、あっという間に深いところに到達できること」と、ＫＣ ミラーさんはおっしゃいます。足をさらけ出しているので心がオープンになりやすいのでしょう。

続いて、参加者同士ペアになって、トウリーディングの実技をやってみる流れに。トウリーディングをやってみたい人が、誰か参加者の前にしゃがんで、その人の足を見ることに。私はこの時誰ともペアになることができず……、自分の足指をただひとりで見つめているだけでした。

周りを見回すと、知らない初対面の人の前にしゃがんで、事前にとくに洗っていない足指を手で包み込んだり触れたりしている人々の姿が！

「気になる指はありますか？」「この指、ちょっと動いてますすね」「魚の目が気になっていて……」

初対面の人に足を晒したり、じかに撫でたり触ったりするとはどれだけ高度なプレイなんでしょう……。光明《こうみよう》皇后級に心が広いです。私は心が狭いのかもしれない。関係性の指が、中指の陰に隠れているし、コミュ力には自信がありません。とにかく知らない人の足にいきなり触るのには抵抗が。朝ならまだしも、時間は20時をすぎて、こう言ってはなんですが一日の汚れが蓄積していそうです。コロナ禍が落ち着いて、人の体に触ったり対面で会話できるようになったのは、良い変化かもしれませんが……。とにかく、トウリーディングしている参加者の、献身的で慈愛にあふれた姿に驚嘆の念を禁じ得ませんでした。この世界に入るには、いろいろ乗り越えないとムリそうです。

自分の足を触るので精一杯でしたが、孤独感は足指たちが癒してくれました。「私たちがついているよ」……やっと、自分の足と通じ合えるようになった気がします。

２０２３年6月号

その後

今もまだ、人前で足を晒すのは苦手です。でも、苦手だった五本指ソックスも、人がはいている姿は、だんだん好意的に受け入れられるようになりました。また、最近よく見かける足袋のような形の、親指の部分がわかれている靴下も、徐々に取り入れるようになりました。少しずつ、許容範囲を広げていきたいです。

久しぶりのバスツアーで

東京観光

高さがギリギリのトンネルやアンダーパスをくぐる2階建てバス

スリリングですが一瞬なので叫ぶ間もなく……

むしろ霊スポットのトンネルを通った時がじわじわ恐怖感がありました

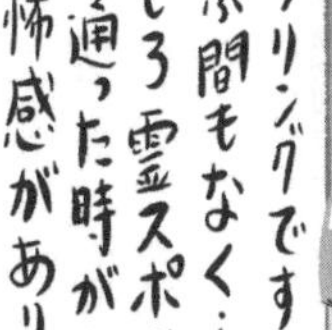

街がにぎわいを取り戻しすぎて、繁華街はどこも大混雑しています。新型コロナウイルス感染症が「5類感染症」に移行してから、世の中の緊張感や警戒心がなくなってきたようです。個人的には、電車や人が多い商業施設などではマスクもなるべく外さないで、引き続き注意していますが、気候も良くなってきたのでたまには気晴らしをしたくなってきました。

ふと、目に留まったのが都内を走るオープンエアーの観光バスです。密閉空間ではないし、移動時の風で換気も万全です。上から街中を見下ろすため、雑踏に入らずに快適に東京を巡れます。

前から気になっていた、赤いオープントップバス「スカイバス東京」について調べたら、ほぼ毎日運行していて気軽に参加できそうでした。丸の内の三菱ビル前が発着所で、東京の中心を走る「皇居・銀座・丸の内コース」、九段下や日本橋などを通る「お江戸東京コース」、映えそうなスポットを通る「東京タワー・レインボーブリッジコース」など、いくつかあって大人2000円前後とわりと安いです。平日の夕方、ふらっと受付に行ったらチケットが買えたので、ひとりで参加してみました。磁場も良さそうな「皇居・銀座・丸の内コース」、1800円。海外からの団体客が直前でキャンセルしたらしく、私の前の20人分の席は空席。この日は風も強く、感染の心配はなさそうです。後ろの方には海外や国内の家族連れや友人グループが何組か座っていました。

シートベルトを締めると、バスは出発。運行会社の女性アテンダントが慣れた感じでガイドしてくれます。このスカイバスは日本初の2階建てオープントップバスだとか。竹橋から皇居を通って、イギリス大使館、国立劇場、そして日本の中枢である永田町方面にも向かう、というルートです。皇居の脇を通ると、外国人観光客がかなり多いのに気付きました。円安の日本で楽しそうに出歩いています。お堀にかかる古い橋や、江戸時代の自然の地形が残る千鳥ヶ淵など、今回のバスの解説ではじめて知った見どころも。最高裁判所も、近くで見るのははじめてだったかもしれません。

「こちらは、ニュースなどでよく『勝訴』と書いた紙を持った人が降りてくる石の階段です」と、アテンダントさん。この日は閑散としていました。

「いよいよ議会政治の殿堂、国会議事堂です。右側に見えますのが参議院、左側が衆議院。平等であることを表すため、左右対称になっています」

2階建てバスという高い視点から見ているので、国会議事堂に威圧されることもなく、平常心で建物を観賞できます。バスは霞が関へ……。官公庁が並んでいるだけあって、まじめそうな人々が行き交っています。

そして雰囲気は一転し、華やかな有楽町へ移動。

「エルメスの建物の上の騎馬像が旗のようなものを持っていますが、あちらはエルメスの新作のスカーフでございます」

それは知らなかったです。何かの拍子に外れて飛んでこないかと期待してしまいます。

「このあたりは人通りが多いので、ぜひ周りの人に手を振ってみてください」

道路を見ると、とくに誰もこちらを見ていませんでした……。もはや2階建てバスは、おなじみの光景なのかもしれません。

「先ほどまで、銀座の中央通りのお店に韓国の俳優、ヒョンビンが来ていてすごい人出でした。多くの有名な方が訪れる場所です」

ざっくりとまとめるアテンダントさん。ちょうどヒョンビンが来ている時にバスから喧噪《けんそう》を見下ろしたかったです。

それにしても2階建てバスからはブランドショップのショーウィンドーがよく見えないので、物欲が刺激されないのも素晴らしいです。世の中や街と適度なディスタンスを保てます。

JRのガード下をくぐり、東京国際フォーラム前を通ると、ちょうど入社式帰りのスーツ姿の若い男女の集団がいて、バスに手を振ってくれました。将来のポテンシャルしかない人たちに手を振ってもらって、ポジティブなエネルギーを吸収。これだけでもかなり元気になりました。

家にこもって仕事していると、社会とのつながりをあまり感じられず、孤独になりがちですが、この2階建てバスで、日本の社会の中心のエネルギーを、適度に吸収できた気がします。最後、また三菱ビル前に戻るのですが、東京駅をバックにウェディング写真を撮影している男女の姿も見ることができました。他人の良い運気を随所で分けてもらえたようで、気分が落ち込んだ時などまた参加したいです。

さらに、人気のバスツアーの予約が取れました。「マツコの知らない世界」でカリスマバスガイドの女性がおすすめしていた「激走!!首都高スリル体験ツアー」。こちらも大人１８００円と、わりと安くて、オープントップバスで高速道路を駆け抜ける体験ができます。窓や壁などさえぎるものがないので、普通の乗用車より速く感じられるとか。番組では、ジェットコースターのように乗客が叫んでいるシーンが流れていました。最近、世の中的には歓声も解禁されてきたので、ぜひアトラクション気分を満喫したいです。

予約した日曜の夜、集合場所のバス会社のラウンジへ。ふだん高速バスの利用者も使っているのか、カーテンで仕切られた二段ベッドのような仮眠スペースや大量の漫画が並ぶ本棚、お茶や味噌汁などドリンクを提供する自販機などがありました。参加者は、ジェットコースターが好きそうな、日常的にスリルを求めていそうな雰囲気の方々が多い印象。参加者全員が揃うまで、数十分ほど漫画を読んで待機し、バスが停《と》まっている地点に移動。途中トイレ休憩がないのが私にとって一番スリリングなので、待合室で二回ほどトイレに行っておきました。

道には派手な赤いバスが停まっていました。2階は電飾で囲まれていてパリピ感が。バスガイドさんは大人の奥ゆかしい女性でしたが、淡々と「手は上に上げないでください。ギリギリのアンダーパスやトンネルを通るので飛んでしまいます」と注意をするので、逆に緊迫感が高まります（アンダーパスとは立体交差の下の道路のことのようです）。

「このコースでは怖い時、楽しい時、気兼ねなく発声してください」と、ガイドさん。バスは出発し、日本橋あたりで最初の高架下をくぐります。車高制限ギリギリのバスなので、屋根が迫ってくる感じがします。観客から「ワーッ」という声が上がりました。

「反応ありがとうございます。こういうのが何度も来ます。もっと騒いでください」と、ガイドさんが煽ります。

首都高に入るとスピードアップし、体感する風も強くなってきます。またアンダーパスをくぐる瞬間が。スピード感で髪も乱れます。道は二つにわかれ、左に進むと、レインボーブリッジが見えてきました。2階建てバスで高速から東京の夜景を観賞できるなんてなかなかありません。風が強くて寒いですが、雨じゃなくて良かったです

(雨天の日は雨合羽着用で参加するそうです)。しばらく進むと、右手にお台場の風景が見えてきました。

乗客も慣れてきたのか、多少の高低差やアンダーパスでは叫び声が上がらなくなってきました。

「騒いだ方があったかいですよ」と、ガイドさん。

コロナ禍で何年も叫び声を封印してきたので、咄嗟に大きな声が出にくくなっているのかもしれません。叫びの反射神経も下がっている気がします。

レインボーブリッジを渡り、お台場を抜けてから、品川区の大井車両基地という場所をチラッと見ることができました。JR東海道新幹線の車両基地で、新幹線が並んで休んでいます。心の中で叫びたくなる珍しい風景でした。

そのあと、バスは山手トンネルに入りました。長いトンネルで、ゴーッという音やエンジン音でガイドさんの声があまり聞こえなくなりました。トンネル内は意外と風が強いです。

「もうすぐバスは大橋ジャンクションを通過します。ループになっているのでグルグル回ります」

大橋ジャンクションの敷地の屋上には「目黒天空庭園」があり、お花見の季節に行ったことがありますが、中はこんなトンネルになっていたとは。こちらも遠心力を感じて少しスリルがあります。

「このカーブは一定の速度を保てば、ハンドルを切らずに進むことができます」というガイドさんの言葉を聞いて、ハンドル操作せずに自然に回っているかと思うと怖くなってきました。慣れているバス運転手さんなら安心ですが、運転初心者には警戒すべきスポットかもしれません。

18キロに及ぶ長いトンネルを抜けて、渋谷の街に出てきました。高さ的にギリギリな青山トンネルをくぐります。なんとなく霊も出そうな気配を感じました。夜の六本木を通って、霞が関の方へ。日曜の夜だからこそ、ここまでスピーディーに進めるのでしょう。渋滞にはまったら、ツアーが半分成立しなくなってしまうのもスリリングです。ちなみにコースは適宜、その日の道路状況をチェックして変えているようです。

三宅坂ジャンクションの千代田トンネルをくぐると、高さ的にまたきわどかったですが、特に叫びは起こらなかったです。

首都高にカーブが多いのは、昔、川があったところを埋め立てて作っていたから、という豆知識も教えていただきました。川だった時の壁がそのままになっている場所もあるそうです。調べたら、築地川という川だったようで、日本の経済成長のため身を捧げた川に、祈りを捧げたいです。

2階建てバスは箱崎ジャンクションでUターンし、出発地点に戻っていきます。途中、高低差があるスリリングなスポットがありましたが、前の方が詰まっていたため そんなにスピードは出ませんでした。高速を出て、バスが坂道発進になった時のほう がスリリングでした。

そして一番最後に、また車高制限ギリギリのガードをくぐって、この時は運転手さんがスピードを上げてくれたので、乗客から「おぉ～」という声が。天井がかなり近かったです。最後まで飽きさせないサービス精神に感じ入りました。「帰ったらお風呂に入ってあったまってください」というガイドさんの言葉が心にしみます。

何度もアンダーパスやトンネルをくぐってスリルがありましたが、だんだん刺激に慣れてしまうのが人間というもの。こうやって、コロナにもだんだん慣れてしまったようです。約三年間で、人間は、環境に適応する能力が高まったのかもしれない、と実感したツアーでした。

2023年7月号

心の中も読まれる神社で
ミッションをこなす旅

神社で出会ったおじさんに導かれ、様々なミッションをこなしました
川から葉っぱを流して！
はい！
木の根元に座ってみて
このおじさんも神様が遣わしてくださった存在かもしれず、神様の審査の視線に緊張しました

神社にお参りして、感謝の言葉やお願い事を心の中で唱える時、本当に神様が聞いてくださると思っている人はどのくらいいるのでしょうか？　おそらくほとんどの人は半信半疑なのではないかと想像します。私も神社が好きでよくお参りしますが、神様は忙しくて一介の人間の願い事なんか聞いてくれないだろうから、とりあえず感謝だけにしておこうと、感謝だけする、というパターンが多いです。神様とのディスタンスを自分から取ってしまっている感じです。

でも、先日、地底人や神様と話せる町田さんが、静岡の穴場の神社を教えてくださいました。

「願ったことが、必ず叶う神社があるんですよ」と……。その神社は「事任八幡宮《ことのままはちまんぐう》」。

「言葉のまま願い事が叶う」神社という名前に説得力があります。「遠江国一の宮《とおとうみのくにいちのみや》」でもある格式高い神社で、清少納言の「枕草子」にも取り上げられているとか。「ことのまま明神いとたのもし」と、清少納言も推していたそうで、かなり霊験あらたかそうです。主祭神は、己等乃麻知比売命《ことのまちひめのみこと》という言葉の女神様で、日本で唯一、言葉をとりもって人々を加護してくださるそうです。

この神社に、町田さんたちと一緒に伺うことになりました。都内から新幹線に乗って、レンタカーで掛川市の事任八幡宮へ。境内に入る前に、こんな助言をしていただきました。

「この神社は、言の葉によって願いが叶うので、変なことやネガティブなことでも叶ってしまうので注意してください。また、境内では思ったことも読まれています。参道から鳥居をくぐったら、敬虔《けいけん》な気持ちでいてください。境内には大きなクスノキがありますが、その幹には耳のようなコブがついています。その耳から、神様が心の声を聞いています」

なんと、境内に入ったら一切ネガティブなことを考えてはいけないとは……。お参りする時だけ敬虔な気持ちになれば良いのかと思っていました。人間なので、常日頃ポジティブというわけではなく、ネガティブな思いの方が多いと自覚しています。とくに心の余裕がないと（あの人感じ悪い）とか（なんで今のタイミングで曲がってくるわけ？　ぶつかりそうで危ない）とか、心の中で人に対して負の感情を抱きがちです。そんな心の癖は、この事任八幡宮では、なんとか抑え込まなければ。とりあえず、その時は「トイレに行きたい」という思いが強くなっていたので、境内に入る前に公衆トイレに入っておくことに。このままだと「トイレに行きたい」が一番のお願い事になるところでした。

町田さんは、お参りに際してこんなことも教えてくださいました。

「『なりたいです』と願い事をすると、その『なりたいです』という状態が叶ってしまいます。『そうなります』と言うのが良いですよ」

願いに対する神様からのメッセージは、インスピレーションになって届いたり、その時の感じ方でもわかったりするそうです。でもとりあえず、その時の私は「ネガティブなことを思ってもいけない」ということでいっぱいいっぱいでした。

事任八幡宮の境内には聞いていた通りに立派なクスノキがあり、耳のような穴が開いています。ここで心の声を集めていらっしゃるのでしょうか。

「ここはとても気が良いですね」「素敵ですね」「空気が違いますね」と、神様の耳を意識しながら口々に神社をほめつつ、心の中でもネガティブな想念を抑えなければなりません。そこで、表層意識でずっと「ありがとうございますありがとうございますありがとうございます……」と唱え続ける作戦に。潜在意識まではコントロールできませんが、これで一応は神様に読まれても取り繕えそうです。

より敬虔な気持ちで本殿の前に行き、自分の住所や名前を告げて、ありがとうございます、と感謝を申し上げ、仕事や健康についてお願いいたしました。なんとなく、大丈夫、と言ってくださった気がしました。境内の絵馬がかけられているところに行くと、普通にSnow Manなどのチケット当選の願い事が書かれていました。これは、言葉のまま叶うとうたっている以上、神様はお手配が大変そうです。そこまで敬虔になりすぎず、素直にお願い事を言っても受け入れてもらえるのかもしれません。境内には女神様の優しいエネルギーが充満しているようでした。

この神社には奥の宮があるそうで、271段の階段を登るらしいですが、せっかくなのでお参りすることに。何度も来ている町田さんに、まずお守り授与所にある、白い紙を持っていくように助言されました。こちらの紙で奥の宮の小石を磨くなどのちょっとしたミッションがあるそうです。奥の宮は道を渡った小高い丘にあるのですが、分かれ道で間違えたらしく、手すりのない幅60センチくらいの橋を渡る、という難所がありました。人一倍運動神経が悪いのでかなりの恐怖でしたが、聖なる場所にたどり着くには試練が必要なのかもしれません。なんとか渡ったあとは、結構急な階段が続いていました。木の杖《つえ》をお借りして、ごつごつした岩の間を登っていきます。この間、写真を撮影する余裕がないほどでした。ある有名人の方が、子どもたちが20歳になるまで生きていたい、とこの事任八幡宮にお願いして、数年後、お子さんが21歳と20歳になったのでお礼参りに奥の宮に登っている途中、倒れて亡くなられてしまった……というニュースをあとで知りました。この時は何も知らず、無心で登りきりました。説明に書かれている通り社殿の前にあった小石を3つ拾い、丁寧に磨いて戻しました。1つは神様のため、もう1つはみんなのため、もう1つは自分のために磨くと良いそうです。善人モードで丁寧に磨きました。ここまででも結構やりきった感があり、また、杖を頼りに険しい山道を下りて、境内に戻ってきました。つい、疲れた……という思いがよぎりそうになりますが、すぐに「ありがとうございますありがとうございます……」と感謝の思いでカバー。

夫婦杉の切り株など眺めていたら、小柄なおじさんに話しかけられました。神社にはよくボランティアのおじさんがいて案内してくれたりしますが、事任八幡宮のはっぴを着ていたので、きっとそのような神社に詳しい方なのでしょう。なぜか神社でボランティアおじさんに話しかけられる率が高いです。

おじさんに境内の「兄弟杉」のところにいざなわれ、この二本の杉の周りを回ると8の字になる、という説明を受けました。言われた通り木の周りを回ると、

「8の字っていうのは横にすると、無限じゃんね。今、無限のことをやったわけ。この場所は、上を見りゃ天、下は地。天地人じゃんね。三位一体を体験できたわけ。空のエネルギー、地のエネルギーをもらったから、自分がパワースポットになれた」

いい話を聞けた、と思っていたら、

「ちょっと待ってて、これからやってほしいことがあるので、葉っぱを持ってくるから！」

おじさんはどこかへ走っていきました。あとで、同じおじさんに遭遇した方のブログを見たら、今は80歳前後らしいことが判明し、驚きました。私よりもずっと機敏な動きでした。

おじさんは大きな葉っぱと鉛筆を持ってきて「この葉っぱに願い事を書いて」と言

いました。

「チケット当選とかでもいいですか？」「何でもいいよ。好きなことで」とのことですが、つい神様に対して優等生ぶって「神恩感謝」と書きました。鉛筆で書ける不思議な葉っぱですが、おじさんによると「タラヨウ」という木の葉で、「葉書」という言葉もここから来ているそうです。言の葉を司る神社で、葉っぱに願い事を書けて感動しました。

「この葉っぱは、このあと龍神社の近くの川に流しに行くから」

言われるがまま、皆でおじさんについていきます。「言のまま」は「言われるまま」という意味もあったのかもしれません。川のほとりに龍神社の小さい社が鎮座していました。そこからまた急な階段を下りて川に近付くことに。心の中を神様に読まれているかもしれないので、「キツい……」とネガティブなことは思わないように「階段を作ってくださった方、ありがとうございます！」とお礼を思いながら下りました。川は小さい滝のような段差を流れ、せせらぎの音に癒されます。

おじさんは川の岩の上に乗って「ここからさっきの葉っぱを流して」と言いました。普通の靴で来てしまいましたが、こんなたびたびハードな関門があるとは。滑りそうな岩を渡っていき、おじさんの近くへ。「気をつけて、としか言いようがない」と、若干突き放し気味におじさんが励ましてくれました。

岩に乗って葉っぱを川に投げましたが、バランスを取りながら必死に投げたので葉っぱは近くに落ちて、その場にとどまってしまいました。雨が降ってかさが増したら流れてくれるのでしょうか。

おじさんは、さらに川の向こう岸に龍神がいる、と教えてくれました。言われてみると、岩肌に龍神っぽい姿が浮き出ているような……。「ほら、龍神が水飲みに来てるじゃん」何かの言い伝えというわけではなく、おじさんがこの場に通ううちに自分で見つけられたそうです。このおじさんは龍神様のお遣いなのかもしれません。

「ここまで来てやることがある」と、それぞれの下の名前を聞くと、おじさんは「○○さんの良いとこいっぱいあるさ～～どっこいしょ」など、一人ずつ名前を入れて歌を歌ってくれました。

「今やったことは、予祝《よしゅく》といって、いい言葉であらかじめお祝いすることで、幸運を引き寄せるんだよ」

これこそ、言の葉の神社にぴったりな言霊《ことだま》のパワーを実感できる行為です。

「ちょいなちょいな～は『超いいな』っていう意味」という話は、ちょっと無理がある気がしましたが、神社ボランティアのおじさんの言葉だと何でも信じてしまいます。

おじさんは、川べりで、この地に伝わる昔話なども教えてくれました。龍宮の龍神様が八幡宮の姫神様を見初めて結婚したいと父の神様に申し入れたら反対され、お遣いのクジラ二頭がブチ切れて暴れたそうです。さらに、この場所には足が透明のクモがいるらしい、などいろいろな話を聞いていたら時間がどんどん経っていきました。でもお腹すいた……とかネガティブなことは思わず、おじさんの話をありがたく拝聴。

「他にもまだ見せたいものがある、境内に戻ろう」

境内の丘を登ったところに大きな杉の木があり、くぼみに入れるようになっていました。そこに行くまでにはまた険しい坂があったのですが、一人一人ミッションをこなさないとならない空気です。くぼみに入ってみると、木に包まれて落ち着き、束の間の癒しを感じました。

「今度はこっち。この碑はなんと読むと思う？」

と、次は境内の碑にまつわるクイズが出題。おじさんの体力に驚かされますが、こちらはそろそろ限界になってきたので、お礼を言って解散しました。おじさんは軽快な足取りで歩き去っていきました。

やはり疲れてくると心が無になってきて、ネガティブなことも思い浮かばなくなる、というのを実感。事任八幡宮の神様にも、及第点をいただけたのではないでしょうか。自分の内側とも、神様とも良いディスタンスを保てたようです。そしておじさんの言う通り様々なミッションをこなしましたが、世の神社の儀式はこうやって形作られていくのでは？　と思いました。ひとり、行動力がある人がいて、神社で発見したことを皆に伝え、ご利益があったら、それが何百年も伝承されていくのです。ひとりの力でも歴史が作れるのかもしれない……そんな可能性を感じた小旅行でした。

2023年8月号

海洋散骨体験ツアーで
異界との境界へ……

大海原で海洋散骨体験。骨の粉を模した砂を撒きました
生態系の一部に……
船の先のアーチがあの世の入り口のようでした……
揺れる船で舳先近くに行く勇気がなく……生に執着している自分がいました

ソーシャルディスタンスや地球とのディスタンス、神とのディスタンス、そして煩悩ディスタンスなど、あらゆる距離感について考えさせられたコロナ禍の期間。

人と疎遠になったり、家族や親戚となかなか会えなくなったり、リモートワークになったりで、孤独を実感した人も多かったのではないでしょうか。周りの人がコロナに感染したり、間接的な知り合いが亡くなったりして、人はいつこの世に別れを告げることになるかわからないという現実にも直面しました。誰もがいつかは全てと距離を置いて旅立つ時が来ます。

死を意識する日々、道を歩いていてお寺の「納骨」という看板に安らぎを感じることが。そんな時ふと目に留まったのが、電車の「海洋散骨」の広告です。子孫もいないし、将来の自分の墓のビジョンが見えなかったのですが、海洋散骨という4文字にかすかな希望を感じました。

調べると、海洋散骨体験ツアーを催行している葬祭会社がいくつかあって、無料から約9000円までいろいろでした。最初、無料の海洋散骨体験ツアーに申し込みをしたところ、緊急時の連絡先まで記入を求められ、船のツアーなので一応万全を期しているようでした。散骨に行ったら荒波で自分が……という事態は避けたいです。

ツアーの日をしめやかに待っていたところ、前日に電話があり、波が高いので今回は中止という残念な報告。一見晴れていましたが、低気圧が近付いて来ていたようです。気象条件に左右される海洋散骨。骨を撒《ま》かれる側も、荒れ狂う海だと穏やかにあの世に行けません。別の会社で、有料ですがわりと良心的な海洋散骨体験ツアーに申し込みしなおし、好天を祈りながら待ちました。前日のメールでは催行されるとのこと。天気予報も晴れでした。

その葬祭会社は平塚駅から少し歩いたところにありました。途中、わかりやすく「歓楽街」という看板が出ている一角を通ると、大衆酒場、カラオケスナック、人妻バーなどが並んでいました。セレモニーホールの近くに酒池肉林を楽しめる場所があるのは、生と死、煩悩と涅槃《ねはん》が表裏一体だと実感させられます。仏様も最後にちょっと現世の楽しさを思い出しそうな好立地です。仏壇フェアの看板を眺めながら、クルーズ待機所と書かれた部屋に入りました。

しばらくして1回目の体験ツアーを終えた人々が待合室に戻ってきました。「波がなくて気持ちよかったわ〜」などと言いながら。その年配の女性がスタッフの方に、お墓について相談しているのが聞こえてきました。息子は今後、親の墓をちゃんと継いでくれるかどうかわからなくて、墓地の地代も結構かかるし、その後の骨の始末はどうしよう、という流れで今回海洋散骨を検討するに至ったようです。始末、という単語がたびたび聞こえてきて、割り切っている感じです。それに対し、スタッフの方が、現代の墓地はせいぜいこの100年くらいの歴史で、それまでは豪族や有力者のお墓しかなかった、という話をしていました。たしかに日本人の2000年分のお墓が全てあったら日本中墓地だらけになってしまいます。そこまでお墓の形態にこだわらなくてもいいように思えてきました。

そうしているうちに、同じ回に乗船する参加者が集まってきました。母と娘と思われる2人組と、女性1人です。数千円の参加料金で葬祭会社の車で港まで連れて行ってもらい、船にも乗れるなんてありがたいです。平塚新港は、釣り船も発着しているようで、集合所の建物がいくつか並んでいました。「今日の釣り物　ヒラメ　アジ」などと書かれた看板が見えて、食欲を刺激。釣り人もたくさんいて、堤防から釣り糸を垂らしています。こんな雰囲気の中で出立する海洋散骨は、そんなに物悲しい空気にはならず、明るく送り出せそうです。パンフによると、まず「ご遺骨粉末化作業」に33000円、個人葬の場合は30万円台、複数の家族の合同葬は14万円台からありました。スタッフの方によると、海洋散骨は、他の釣り船やレジャーの船に配慮して、喪服ではなく平服で行い、セレモニーとバカンスの両方の要素があるとのことでした。いつか自分が骨になったら、友人知人、もしくは身元引き受け人に託して、お金も事前に払っておき、クルーズ気分で海洋散骨を楽しんでもらいたいです。

乗船すると、まず救命胴衣の説明がありました。レンタルの船ではなく、この葬祭会社所有の船だそうで安心感が（その都度レンタル船で行うところも多いようです）。

さらに、トイレもあって安心です。船には、骨壺《こつつぼ》を置くスペースがありました。今回は、骨壺に本物のお骨は入っておらず、撒くのも骨の粉を模した砂です。まず、参加者は骨壺に一輪ずつ花をお供えして手を合わせました。

献花のあとはいよいよ出航です。白い波を立てながら船は沖合へ。参加した母娘は、一家のお父さんの遺骨を撒くご予定なのでしょうか。「自然が好きだったもんね」などと楽しそうに話していて、船がスピードを上げると「最高！」「気持ちいい！」とテンション高く叫んでいました。海洋散骨ならお墓参りのかわりに海に行って手を合わせる、というレジャーを兼ねたお参りができそうです。

船が進むにつれて海の色も緑から青に変化し、関東にしてはきれいですが、スタッフの方によると冬の方がきれいなのでおすすめは11月から3月だそうです。海からは江の島や、天気が良ければ富士山も望めるとか。沖の方は水平線が広がっていて、どこを見ても絶景。遺骨の主も天国にいざなわれそうです。

しかも、時々この海域にはイルカが現れるそうです。イルカ好きとしては見逃せません。「いる時は群れで泳いでいるんです。今日は、朝からいないです」とのことで、残念。そこまで貪欲にいろいろ求めてはいけないのかもしれませんが……。もし自分が遺骨を撒かれる側だったら、イルカの群れに送り出してもらえたら高次元の世界に行けそうな気がします。

「今日はそんなに波がかからないので、前の方に移動しましょう」とのことで、船の脇の通路を通ってデッキに向かいます。手すりが腰くらいの位置で、すぐ下は海。揺れる中を歩くので結構緊張します。そういえば、お知らせメールに「滑りにくいスニーカーでお越しください」とあったのを失念していました。バレエシューズなので若干不安定です。手すりを握りながらゆっくり前進し、海洋散骨体験ツアーで自分の生への執着を実感。

しかし母娘の2人は、デッキの高くなっているところに上がり、「最高〜!!」「最高〜!!」「これはいいね!」「これはいいよ!」と叫んでいました。人生を楽しむスタンスで生きてきた延長に海洋散骨があるのでしょうか。私のように、将来のお墓が心配とか、世の中とディスタンスを取りたい、という思いで参加したのとは全然違っていて明るいです。もちろん海はきれいでしたが、楽しいというより大自然への畏れがわいてきて厳粛な気持ちになりました。

散骨海域に到着し、疑似のセレモニーが行われました。停泊したら南風で船が揺れて、少し怖かったです。慣れているスタッフの方にとっては何でもないようでしたが……。まず、海上に献花し、一礼します。スタッフの方に倣い、一輪の花を遠くに投げて、頭を下げました。続いて散骨です。袋に入った砂を海に投入。最初に粉を撒いてから、残りを水に溶ける袋と一緒に投げ込みます。船にかからないよう、身を乗り出して撒くのでここでも落ちないように注意を払いました。

撒かれた砂は、海面を煙のようにふぁーっと流れていき、キラキラと光を反射しながら沈んでいきました。その粒子の集合体の感じが霊っぽいです。この時、お酒など故人の好きなものを捧げても良いそうです。肉が好きだったとかいって肉を沈めたらサメが寄ってきそうな気もしますが……。

お別れに花びらを撒いて、船鐘を鳴らして黙禱《もくとう》。花びらが浮かんでいるあたりを何周かして、汽笛を鳴らして一礼し、海洋散骨のセレモニーは締めくくられました。何もない水平線の向こうには、海のかなたのニライカナイがありそうで、舳先《へさき》のアーチが異界への扉のようでした。「死ぬ時は何も持っていけない」と、愛読しているヒマラヤ聖者の相川圭子さんの本に書かれていましたが、本当に身一つで向こうの世界に行かなくてはならないことが実感されました。貯金も、マンションも、衣服も、手荷物も、スマホすらも持っていけないあの世。「煩悩ディスタンス」という連載で、様々な事象との距離を考えてきましたが、全てはこちら側の世界で、手を伸ばせばいつでも感じることができます。でも、大海原での模擬散骨で、この世に別れを告げるということはどういうことか少しわかった気がします。この船で送り出されて来た人々の魂や残留思念と同調したのか、帰りの航路は目頭が熱くなりました。

待合室に戻り、改めて説明を受けて、自然葬は海だけでなく他にも種類があることを知りました。里山の大地に遺骨の粉を撒く「山の散骨」、ヘリコプターで相模湾沖合の海上に遺骨の粉を撒く「空の散骨」、さらにいつになるかわからないですが、アメリカで打ち上げられるロケットに遺骨を託して撒いてもらう「宇宙葬」もあるそうです。宇宙飛行士に憧れていたけれどなれなかった人の夢を叶える散骨です。海への散骨はプランクトンのエサに、山への散骨は肥料になるかもしれないと思うと、SDGs的にも有益そうです。少しでも自分の骨が地球のお役に立てれば、生きてきた意味を見出せます。

散骨プランのパンフを見ていたら、旅行先を決めるような前向きな気持ちになってきました。葬祭会社の人に、将来的な散骨の代行や、遺言書の預け先などについて具体的に聞いていたら、何かわけありの客のように思われている視線を感じましたが……。死後の楽しい選択肢が増えたことで、生きる気力も少し高まりそうです。

2023年9月号

あとがき

人間との交流が減ったかわりに、自然や動物、神仏、さらには地底人との交流を深めていた数年間。

その根底には、自分と向き合う、という大きなテーマがあったように思います。アロマの精油からメッセージを受け取って今後の参考にしたり、海外の大学の講座で改めて学びたいことは何か自分に問いかけたり、ストイックなゴールデンウィークで物欲を見つめたり、田んぼの共同作業で人生を問い直したり、楽器などいろいろ習っても結局は三日坊主になってしまう自分を反省したり……。

人生は学びの連続で、修行なのかもしれません。コロナ禍という大きな試練も、こうやって少しずつ修行や鍛錬を重ねることで、乗り越える力が身に付いたように感じます。本当の自分を知れば、もう恐怖や不安に翻弄されることはなくなるのでしょう。私にはまだまだ苦手なことや怖いものがたくさんあるので、この本の執筆時のように、毎回何かのテーマを自分に課していく、というのをこれからも続けていきたいです。

まだ終活にはちょっと早いかもしれませんが、興味があった海洋散骨体験で、この本をしめくくりたい、というのは少し前から心に決めていました。周囲が何もない大海原に出ると、本当にあの世が近いような気がして、それまでで一番のディスタンス感がありました。一方で、船が揺れたり甲板で滑ったりすると、恐怖とともにまだ死にたくない、という思いがこみ上げました。少しずつ煩悩から距離を置いていったつもりでしたが、まだこの世でいろいろ経験したい、という自分の魂の願いを感じることができました。

この、私的な修行のような原稿を毎回受け取って温かいご感想をくださった担当編集者の挽地真紀子さま、加古淑さまにもこの場を借りて御礼申し上げます。デザイナーの小川恵子さまにも感謝申し上げます。そして読者の方も読んでいただき本当にありがとうございます。皆様ともこれからも適度なディスタンスで同時代を一緒に生きていきたいです。

掲載されている内容は原則として連載当時のものです。現在とは異なる場合があります。

ISBN978-4-09-386606-4

小学館文庫
好評既刊

ロスねこ日記

北大路公子

ISBN978-4-09-407261-7

生活に猫が足りていないことは、わかっていた――。SNSには猫画像が溢れ、持つ者が自慢するそれを、持たざる者は眺めるばかりだ。愛猫とお別れしてから十五年近く、心にぽっかり猫の穴を空けていた著者は、その穴を埋めるべく植物を育て始めた。編集者に勧められるがまま、なぜか椎茸から！　キノコ、スプラウト、ヒヤシンス……名をつけ、水をやり、立派に育てあげ、ときには収穫して食べる（！）。猫に思いをはせながら過ごす約二年の日々を綴るエッセイ集。文庫には「ロスねこ」のその後を書き下ろしで収録する。解説は作家の町田そのこさん。

―――本書のプロフィール―――

本書は、「WEBきらら」2020年11月号から2023年9月号に掲載された同名の連載に書き下ろしを加えた文庫オリジナル版です。

小学館文庫

煩悩《ぼんのう》ディスタンス

著者　辛酸《しんさん》なめ子《こ》

二〇二四年三月十一日　初版第一刷発行

発行人　庄野　樹
発行所　株式会社 小学館
〒一〇一-八〇〇一
東京都千代田区一ツ橋二-三-一
電話　編集〇三-三二三〇-五二三七
　　　販売〇三-五二八一-三五五五
印刷所——図書印刷株式会社

この文庫の詳しい内容はインターネットで24時間ご覧になれます。
小学館公式ホームページ　https://www.shogakukan.co.jp

ISBN978-4-09-407336-2